Kahve Kokulu Sözler

Kişisel Gelişim: 102

ISBN: 978-605-384-991-9
Yayıncı Sertifika No: 16238

Kahve Kokulu Sözler

Hazırlayan: Ender Haluk Derince
Kapak ve İç Tasarım: Faruk Derince
Yayın Koordinatörü: Özge Ceren Kalender

BASKI
MY MATBAACILIK SAN. VE TİC. LTD. ŞTİ.
Maltepe Mah. Yılanlı Ayazma Sk. No: 8/F Zeytinburnu / istanbul
Tel: 0212 674 85 28 mymatbaa34@gmail.com Sertifika No: 34191

YAKAMOZ KİTAP / SONSUZ KİTAP
Gürsel Mah. Alaybey Sk. No: 7/1 Kağıthane/İSTANBUL
Tel: 0212 222 72 25 Faks: 0212 222 72 35
www.yakamoz.com.tr / info@yakamoz.com.tr

www.instagram.com/yakamozkitap
www.facebook.com/yakamozkitap
www.twitter.com/yakamozkitap

Kahve Kokulu Sözler

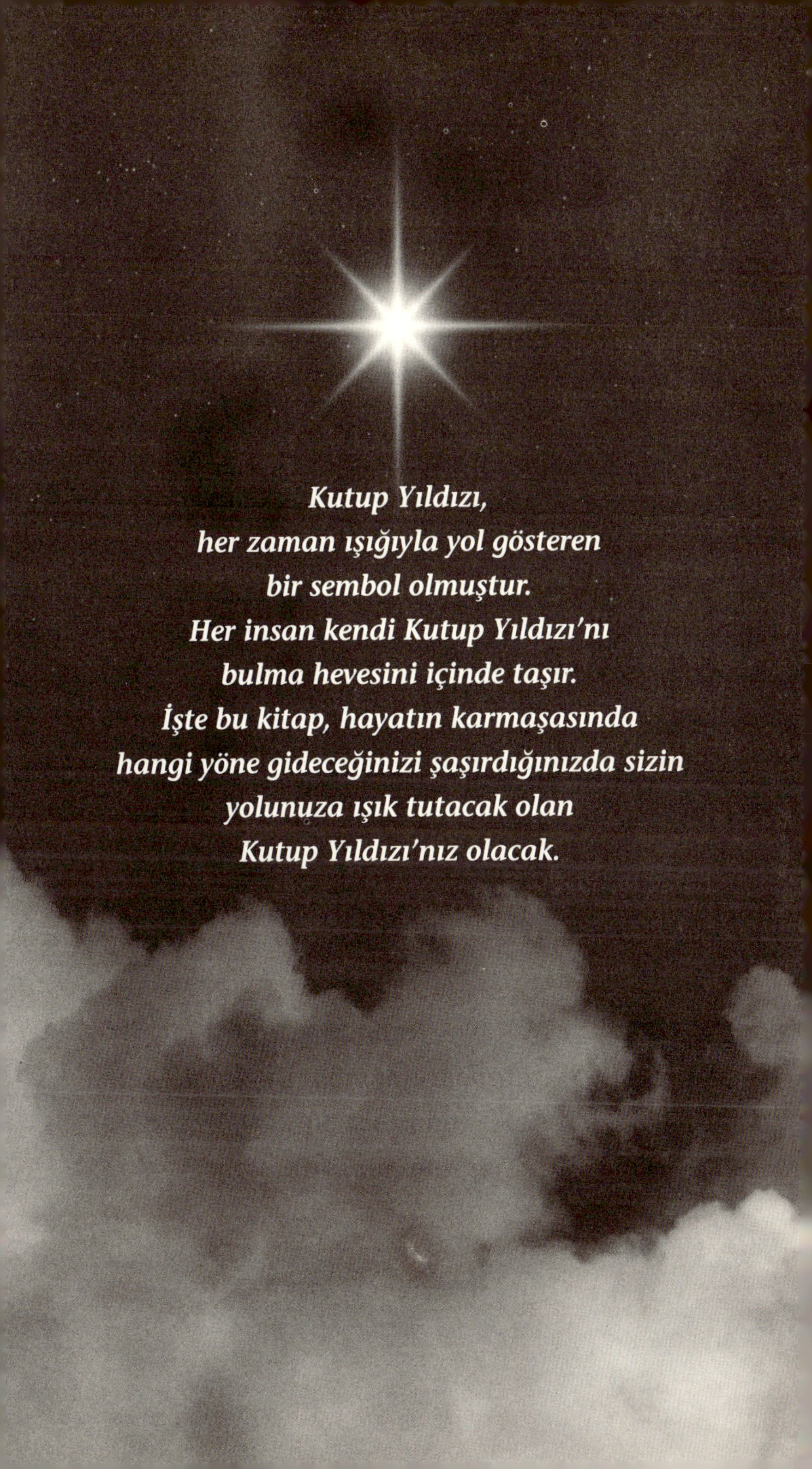

Kutup Yıldızı,
her zaman ışığıyla yol gösteren
bir sembol olmuştur.
Her insan kendi Kutup Yıldızı'nı
bulma hevesini içinde taşır.
İşte bu kitap, hayatın karmaşasında
hangi yöne gideceğinizi şaşırdığınızda sizin
yolunuza ışık tutacak olan
Kutup Yıldızı'nız olacak.

Bir kez kaçar uçurtması,
sonra gökyüzüne küser insan.
Hermann Hesse

Aşk; kelime değil, bir cümledir.
Kurmak içinse özneyle yüklem değil,
iki yürek gerekir.
Can Yücel

Anladım ki insanlar:
Susanı korkak, görmezden geleni aptal,
affetmeyi bileni çantada keklik sanıyorlar...
Oysaki biz istediğimiz kadar hayatımızdalar.
Göz yumduğumuz kadar dürüstler ve
sustuğumuz kadar insanlar!
Şems-i Tebrîzî

Elmas nasıl yontulmadan
kusursuz olmazsa, insan da acı çekmeden
olgunlaşamaz.
Konfüçyüs

Bir bakış bile yeterken
anlatmaya her şeyi, kalbinizi dolduran
duygular kalbinizde kaldı.

Behçet Necatigil

Hayat ve hayal arasında seçim yapmalısın.
İkisi çok yakındır ama birbirine değmezler.

Çalıntı Hayat filminden

Beklenen geç geliyor, geldiği zaman da
insan başka yerlerde oluyor.

Oğuz Atay

Birisi olacaksa; geçmişimi merak ederek değil,
geleceğimi hayal ederek gelsin! Korkaklarla
yürüdüğüm yolda, tek kalmaktan yoruldum.

George Bernard Shaw

Tüm çiçekleri koparabilirsiniz.
Ama baharın gelmesine engel olamazsınız.

Pablo Neruda

Çocuklar, göremeyeceğimiz bir zamana
gönderdiğimiz, canlı mesajlardır.
Neil Postman

Ayrılık aşaması, çarşafın üzerinde
yere savrulan eşyaları izlemek ve
hangisinin paramparça olacağını düşünerek
korkuyla ve endişeyle beklemek gibi.
Sonunda tek parça olarak
kalan sadece siz olacaksınız.
Amy Poehler

İçiniz kor gibi yanarken susmak,
acıların en beteridir.
F. Garcia Lorca

Seven adamları okuyup rahatlıyoruz.
Kâğıtlarda arıyoruz sevme tariflerini.
Ve bir gün kâğıtlarda bile göremeyeceğiz.
Hikmet Anıl Öztekin

Sabır, kara bir dikeni yutmak ve diken içini parçalayıp geçerken de hiç ses çıkarmamaktadır.

Şeyh Edebali

Hayattaki en büyük zafer hiçbir zaman düşmemekte değil, her düştüğünde ayağa kalkmakta yatar.

Nelson Mandela

Her seçiş bir vazgeçiştir.

Sartre

Hiçbir zaman gülümsemekten vazgeçme, üzgün olduğunda bile. Gülümsemene kimin ne zaman âşık olacağını bilemezsin.

Gabriel García Márquez

Eylem ve vicdan genellikle uyuşmazlar. Eylem, ağaçtan ham meyveleri toplamak isterken, vicdan onları gereğinden çok olgunlaşmaya bırakır, ta ki yere dökülüp ezilinceye kadar.

Nietzsche

Allah der ki, kimi benden çok
seversen onu senden alırım.
Ve ekler: Onsuz yaşayamam
deme, seni onsuz da yaşatırım.

Ve mevsim geçer, gölge veren
ağaçların dalları kurur, sabır
taşar, canından saydığın yâr
bile bir gün el olur. Aklın şaşar
dostun düşmana dönüşür.
Düşman kalkar dost olur.

Öyle garip bir dünya! Olmaz
dediğin ne varsa hepsi olur.
Düşmem dersin düşersin.
Şaşman dersin şaşarsın.
En garibi de budur ya, öldüm
der durur yine de yaşarsın.

Mevlânâ

Sahip olduklarin için şükredersen
daha fazlası seni bulur. Sahip olamadıklarına
odaklanırsan, zaten onlar da yetmemeye
başlar.

Oprah Winfrey

Sadece çocukken güler insan, diğerleri palavra.
Çünkü insan büyüdükçe komikliklere değil,
acılara gülmeyi öğrenir aslında.

Bob Marley

Birine hoşça kal diyebilecek kadar cesaretinizi
toplarsanız, hayat size yeni bir merhaba ile
selam verir.

Paulo Coelho

Güç olan ölümden kaçınmak değil,
kötülükten kaçınmaktır. Çünkü kötülük
ölümden daha hızlı koşar.

Sokrates

Güzel bir gülüş, karanlık bir eve giren güneş ışığına benzer.

Tolstoy

İnsan kendisini sessizce kaybeder. Kaybettiği başka her şeyi fark eder de, kendini kaybettiğini anlayamaz.

S. Kierkegaard

Bazı kitapların sadece tadına bakacaksınız, bazılarını yutacaksınız, bazılarını ise çiğneyip sindireceksiniz.

Bacon

En sonunda, sadece almadığımız riskler için pişman olacağız.

Lewis Carroll

Hayatı hayat yapan en önemli şey mutlu olmaktır. İşte bu, tüm sorunların en gizli anahtarıdır.

Audrey Hepburn

Aşk, yepyeni kalabilen eski bir masaldır.

H. Heine

Gerçekten kül olmadan kendinizi nasıl yenileyebilirsiniz?

Nietzsche

Karanlığın ortaya çıkabilme ihtimalidir, gün saatlerini bu denli parlak yapan.

Stephen King

Beni anlamadın demeyeceğim.
Beni anladın. Zaten en dayanılmaz acı buydu.
Sen beni anladın.
Anladığın hâlde canımı yaktın.

Frida Kahlo

Yeter ki insanın içinde iyilik olsun, onun erişemeyeceği hiçbir yücelik yoktur. İnsan, gönlü kadar büyüktür.

Yaşar Kemal

İnsanların çoğunun muhakeme gücü körleşmiştir. Kendilerine doğrudan dokunmayan, sivri ucu ısrarla sert bir şekilde duyularına kadar nüfuz etmeyen şey, onları neredeyse hiç harekete geçirmez; ancak gözlerinin önünde cereyan eden, duygularına dokunacak en ufak şey bile içlerinde ölçüsüz bir tutkuyu ateşler.

İşte o zaman duyarsızlıklarının yerini gereksiz ve aşırı öfke alır.

Stefan Zweig

Yola çıktıklarını yolda bulduklarına değişirsen; hem yolunu kaybedersin, hem dostunu.

Necip Fazıl Kısakürek

Siz kendinizi iyi hissetmeye başladıktan sonra, her şey yoluna girer.

Ruben Stuttard

Unutma, her gidiş bir ayrılık değildir. Çünkü bazen ne kadar uzağa gidersen git, yüreğin hep bıraktığın yerdedir.

William Butler Yeats

Hayalleriniz ve gerçekler arasındaki mesafe sizi korkutmasın. Hayal ediyorsanız, başarabilirsiniz.

Belva Davis

Her şeyin en mühim noktası, başlangıçtır.

Platon

Her şeylerini söylemiş, konuşacak hiçbir
şeyi kalmamış olanların suskunluğu
ne kadar acı ve korkunçtur. Sözlerine henüz
başlamamış olanlarsa, kolayca susabilirler.

Maksim Gorki

Kâğıda dokunan kalem, kibritten
daha çok yangın çıkarır.

S.Forbes

Bir insana yapılan iyiliğin hatırlatılması,
onu suçlamakla aynı şeydir.

Demosthenes

Hüzün taze tutar aşk yarasını.
Yaramdan da hoşum, yârimden de...

Şems-i Tebrîzî

İyiliğinize inanılmasını istiyorsanız,
ondan hiç bahsetmeyin.

Pascal

Sen çevrende olup bitenleri görüp "Neden?" diye soruyorsun, bense asla var olmamış şeyleri hayal ederek "Neden olmasın?" diyorum.

George Bernard Shaw

Birini seveceksen, onu her şeyinle sevme. Çünkü bittiğinde, onu unutamamana değil, unutamayacak kadar çok sevdiğine yanarsın.

Can Yücel

Korkulacak tek şey korkunun kendisidir.

Franklin D. Roosevelt

Neler daha ağırdır sırtımızda, acılarımız mı yoksa anılarımız mı?

Pablo Neruda

Senin sessizliğini anlamayan, muhtemelen senin sözlerini de anlamaz.

Elbert Hubbard

BAŞARILI OLMAK

Sık sık gülmek ve çok sevmektir,
Akıllı insanların ve çocukların sevgisini kazanmaktır,

Dürüst eleştirmenlerin onayını almak,
Sahte dostların arkadan vurmalarına dayanmaktır.

Güzeli sevmektir,
Herkesin en iyi yanlarını bulmaktır.
Karşılık beklemeyi hiç düşünmeden kendiliğinden
vermektir.

Geride ister sağlıklı bir çocuk, ister kurtarılmış
bir ruh, ister bir parça yeşil bahçe, ister iyileştirilen
bir sosyal durum bırakarak dünyanın iyileşmesine
katkıda bulunmaktır.

Gönlünce eğlenmek ve gülmek,
Kendinden geçerek şarkı söylemektir.
Tek bir kişi bile olsa, birinin sizin varlığınızdan
ötürü daha rahat nefes aldığını bilmektir.
İşte tüm bunlar başarılı olmaktır.

Ralph Waldo Emerson

Ey aşk! Seni senelerce yaban ellerde,
hoyrat dillerde aradım. Oysa bendeymişsin
bilememişim. Oyalanmışım. Kalakalmışım.

Şems-i Tebrîzî

Sadece seçmen gerekiyor. Bir seçim yap ve
kendini seç! Kendini seçen insan asla kendine
acımaz. Çünkü kendini, kendine acıyacak
kadar uzun süre acınacak durumda bırakmaz.

Azra Kohen

Başkalarının yapamayacağınızı iddia ettikleri
şeyleri sadece bir kere yapın! Bir daha
onların söylediklerini dikkate bile almak
zorunda kalmazsınız.

James Cook

Hepimizin içinde hem aydınlık,
hem de karanlık bir yan vardır.
Önemli olan hangisini seçtiğimizdir.
Bizi biz yapan budur.

J.K. Rowling

Söylediklerinize dikkat edin,
düşüncelere dönüşür...

Düşüncelerinize dikkat edin,
duygularınıza dönüşür...

Duygularınıza dikkat edin,
davranışlarınıza dönüşür...

Davranışlarınıza dikkat edin,
alışkanlıklarınıza dönüşür...

Alışkanlıklarınıza dikkat edin,
değerlerinize dönüşür...

Değerlerinize dikkat edin,
karakterinize dönüşür...

Karakterinize dikkat edin,
kaderinize dönüşür...

Mahatma Gandhi

Aşkın en acımasız yanı:
Ağzından çıkmaya cesareti olmayan sözlerin,
yürekte fırtınalar koparmasıdır.

Louis Aragon

Bir kadının tüm ihtiyaçlarını karşılayan
ve ruhuna hitap eden erkek, dünyada sadece bir
tane olabilir fakat her erkek, herhangi
bir kadının varlığı karşısında kendisini
mutlu hisseder. İşte kadınların ve
yaratıcımızın yüceliği buradadır.

Leonard Cohen

Başarısızlık, daha zekice başlama
fırsatından başka bir şey değildir.

Henry Ford

İnsan, ya hayrandır sana, ya düşman.
Ya hiç yokmuşsun gibi unutulursun
ya bir dakika bile çıkmazsın akıldan.

Nâzım Hikmet

Affedince yorulur insan, yalnız kaldığında bir de... Ama insanı en çok yoran şey hayal kurmaktır, olmayacağını bildiği hâlde.

Cengiz Aytmatov

Bir tek kişiye yapılan haksızlık, bütün topluluğa yönelmiş bir tehdittir.

Montesquieu

Ormana girmeden macera başlamaz. Bu ilk adım, inancın göstergesidir.

Mickey Hart

Ne yaparsan yap, nasıl yaşarsan yaşa ama gülebilmek için birini ağlatma ve çıkarların için hiç kimseyi satma.

Balzac

Doğruysan kimse hatırlamaz, yanlışsan kimse unutmaz.

John Murphy

Aynı dili konuşanlar değil, aynı duyguları
paylaşanlar anlaşabilir.
Mevlânâ

Çocukların karınlarını ve zihinlerini
doyurduğumuz kadar ruhlarını da beslemeliyiz.
Michael Marshall

Gerçek, üzerinde durulacak
tek güvenli zemindir.
Elizabeth Cady Stanton

Sanki biri seni öldürüyormuş ve sen de hiçbir şey
yapamadan onu uzaktan izliyormuşsun gibi...
Yaşadığım en zor şey terk edilmekti...
Emma Stone

Çoğu zaman insanlar güçlerinden,
aslında güçleri olmadığını düşünerek
vazgeçerler.
Alice Walker

Onun ilk aşkı olmayabilirsin, son aşkı da; hatta bir tanesi de, daha önce âşık oldu, tekrar olabilir... Ama şu an seni seviyorsa daha ne olabilir ki?

Tıpkı senin gibi, o da mükemmel değil ve ikiniz birlikte asla mükemmel olamayabilirsiniz. Ama şayet o seni güldürebiliyorsa, iki kez düşündürebiliyorsa -kabul edersin ki insanlar hata yaparlar- onu seninle tutmaya çalış ve ona verebileceğin her şeyi ver.

Seni günün her anında düşünmüyor olabilir ama sana kırabileceğini bildiği bir parçasını verecektir:

Kalbini. Yaralama onu, değiştirmeye çalışma, çözümlemeye kalkma ve verebileceğinden fazlasını bekleme. Seni mutlu ettiğinde gülümse, kızdırdığında fark etmesini sağla ve yokken özlediğini bil...

Bob Marley

Bana güvenilen bir sırrı kutsal bir emanet gibi saklarım ama sırları elimden geldiği kadar bilmemeye çalışırım.

Einstein

Küçüklüğünden beri, bir çocuğa hayatında takip edeceği yolu iyice gösterirseniz, o büyüdükçe bu yoldan sapmaz.

S. Smiles

Biriyle anladığı dilde konuşursanız zihnine, eğer onun kendi dilinde konuşursanız kalbine hitap etmiş olursunuz.

Nelson Mandela

Eğer bütün insanlığı uyandırmak istiyorsanız, bütünüyle kendinizi uyandırın. Dünyadaki acıları bitirmek istiyorsanız, içinizdeki karanlığı ve negatif enerjiyi yok edin. Aslında, dünyaya verebileceğiniz en büyük hediye, kendi değişiminizdir.

Lao Tzu

Ne garip değil mi? Aklı yavaş olana değil de, ayağı yavaş olana; yüreği kör olana değil de, gözü kör olana acırız.

Halil Cibran

Arılar bile en tatlı balın zehirli çiçeklerde olduğunu bilir.

John Keats

Aslında unutmak; artık acıyı hissetmemektir. Çünkü yapılanları zihinsel olarak unutmak fizik kurallarına göre mümkün değildir.

Sigmund Freud

Bizi sıkıntıya düşüren bilmediklerimiz değil, doğru zannettiğimiz şeylerdir.

Will Rogers

Gününden faydalan, yarına güvenme.

Horace Mann

BILL GATES'TEN BAŞARI SIRLARI

1. Rakiplerinizi takip edin. Gates her sabah rakip şirketlerin web sitesini ziyaret etmeyi bir sabah ritüeli hâline dönüştürmüştür.

2. Kararlı olun. Kötü bir haber geldiği zaman bile başınızı eğmeyin, sakinleşin ve her problemin çözüleceğini bilin.

3. İnternete odaklanın. Gelecek internette. Yakın gelecekte sadece internet üzerinde olan şirketler artacak.

4. Başarılı olmak için çaba harcamayın, başarı aldatıcı ve değiştirilebilirdir. Önemli bir şey başardıktan sonra durmayın, devam edin. Rakipleriniz boş durmaz.

5. Kalkınma ve gelişme için koşullar oluşturun, çalışanlarınız ve astlarınız için iyi bir ortam oluşturmak deneyimli bir yöneticinin amacı olmalıdır.

6. Bugün başlayın, eğer işinizde mutlu değilseniz kendi işinizi oluşturun. Bill Gates bir garajda bu işe başlamıştır. İlgilendiğiniz işe zaman ayırın.

7. Düşünün. Yılda birkaç kez çevrenizden uzaklaşın ve birikmiş sorunlara karar alın.

8. Yanlış karardan korkun, her şeyden şüphe edin ve karar vermeden önce defalarca kontrol edin.

9. Yeni teknolojiye güvenin. Elektronik bilgi mucizeler gerçekleştirebilir.

10. Kalabalıktan uzak durun, çoğunluk her zaman doğru yönde olmayabilir. Her zaman gelişme yolunu tercih edin.

Bir insan acı duyabiliyorsa canlıdır. Bir insan başkasının acısını duyabiliyorsa insandır.

Tolstoy

Keşke insanlar, düşündükleri şeyleri dosdoğru söyleselerdi. Ne çok can sıkıntısından kurtulurlardı.

Virginia Woolf

Bir mutluluk kapısı kapandığında bir başkası açılır ama kapanan kapının arkasından o kadar uzun süre bakakalırız ki başka bir kapının açıldığını görmeyiz.

Helen Keller

Çok az şeye sahip olan insan değil, asıl çok şeyin özlemini çeken insan fakirdir.

Seneca

Bilmeden yapılan hata yanlışlıktır. Bilerek yapılan hata ise ihanettir.

B. Brecht

Gerçek şu ki, herkes seni incitecek. Yapman gereken tek şey, acı çekmeye değer birini bulmak.

Bob Marley

Bir yarayı göstermek kolaydır. Hele hele görkemli, büyük bir savaş yarasını. Fakat ufak sıyrıkları göstermek, işte bu cesaret ister.

Leonard Cohen

Kötülük dünyada değil, kişinin yüreğindedir.

Gabriel García Márquez

Bırak bütün insanlar seni tanısın ama hiç kimse seni tam olarak tanımasın. İnsanlar sığ yerini gördükleri dereyi kolay geçerler.

Benjamin Franklin

Çıplak gerçek, her zaman en iyi düşünülmüş yalandan iyidir.

Anonim

Geçmiş bir yaşamı geri getiremezsin ama satın aldığın bir kitapla dünyanın en bilge kişilerinin bir ömür boyu kazandıkları birikimlerini elde edebilirsin.

Montesquieu

Dünkü acılar, bugünkü sevinçlerimizin kaynağıdır.

Pollok

Her mutluluk birbirinin aynı ama her mutsuzluk kendine özgüdür.

Tolstoy

İki büyük nimet vardır ki, insanların pek çoğu onların kıymetini bilmezler. Bunlar, sıhhat ve boş vakittir.

Hz. Muhammed

Af, insanlık dilinin en tatlı kelimesidir.

Victor Hugo

Hayat dediğin başka nedir zaten?
Ben şuna inanıyorum ki, üç buçuk günlük ömrümüzü kendimize zehir etmemek için ne mazideki hayatımıza ve kaçırdığımız fırsatlara ne de istikbalin olmayacak hülyalarına kulak asmayarak bugünümüze hapsolup yaşamalıyız.

Sabahattin Ali

Bir kimseyi sevmenin ne demek olduğunu biliyor musunuz? Bir ağacı, bir kuşu ya da bakıp gözettiğiniz bir hayvanı sevebilir misiniz? Size hiçbir karşılık vermese, gölgesinden de yararlanamasanız, arkanızdan da gelmese, size bağımlılık duymasa gene de sevebilir misiniz?

Jiddu Krishnamurti

Herkesin ruhu kendinindir. Kimse ruhunu bir
başka ruhla karıştıramaz. İki kişi buluşabilirler,
birbirleriyle konuşabilirler, beraber olabilirler ama
ruhları çiçekler gibidir.

Her biri kendi bulunduğu yere kök salmıştır,
hiçbiri öbürüne varamaz; varmak isterse kökünden
kopması gerekir. Bunu da yapamaz.

Çiçekler kokularını ve tohumlarını çevreye saçarlar,
çünkü birbirlerine ulaşmak isterler
ama bir tohumun konması gereken yere varması
için çiçek hiçbir şey yapamaz, bu rüzgârın işidir.
O nasıl isterse, nerden isterse öylece gelir, eser gider.

Hermann Hesse

Ölümdür tek başına yaşanan,
aşk iki kişiliktir.
Ataol Behramoğlu

Kötülüğünü düşünen kimseye iyilik yap.
Çünkü köpeğin ağzının lokma ile
kapatılması uygun olur.
Sadi Şirazi

Talih, yardım eder gibi görünürken;
felaket, köşe başında bekler.
Rus Atasözü

Başkalarının ayıbını senin önünde
sayıp döken, senin ayıbını da
mutlaka başkalarına söyleyecektir.
Sadi Şirazi

Gideceğin yoldan eminsen, engeller
'dinlenme noktan' olmaktan öteye gidemez.
Paulo Coelho

Geceyi seviyorum. Karanlık olmasaydı, yıldızları asla göremezdim.

Stephenie Meyer

Ya tam açacaksın yüreğini, ya da hiç yeltenmeyeceksin! Grisi yoktur aşkın, ya siyahı ya beyazı seçeceksin.

Şems-i Tebrîzî

İyi mazeretler bulmayı başaranların, başka şeyler başarabildiği çok nadiren görülür.

Benjamin Franklin

Mutluluk öyle bir servettir ki bölüşüldükçe çoğalır.

Churchill

Mutluluk sorunsuz bir yaşam değil, sorunlarla başa çıkabilme yeteneği demektir.

James Robert Brown

Yalnızlık bağımsızlıktır. Yalnızlığı arzulamış, uzun yıllar içinde onu ele geçirmiştim. Soğuktu bu yalnızlık orası öyle ama sessizdi. Yıldızların içinde dolanıp durduğu uzay gibi harikulade sessiz ve büyük.

Hermann Hesse

Uzayıp giden hayat yolunda, yolumuzun kesiştiği insanlar bizim için önemlidir. Yıllar sonra kimisi tebessümle hatırlanır, kimisi de acı bir yüz ifadesi ile.

Maksim Gorki

Tekrar çocuklar gibi olmamız yerine getirilemeyecek bir taleptir ama en azından çocukların bizler gibi olmasını önlemeye çalışabiliriz.

Erich Kastner

Kanaatten hiç kimse ölmedi, hırsla da hiç kimse padişah olmadı.

Mevlânâ

Üzülüyorsun, takma diyorlar.
Kızıyorsun, değmez diyorlar.
Boş veriyorsun, gamsız diyorlar.
Susuyorsun, iki çift laf et diyorlar.
Konuşuyorsun, muhatap olma diyorlar.
Çekip gidiyorsun, mücadele et diyorlar.
Alttan alıyorsun, tepene çıkardın diyorlar.
Bağırıyorsun, sakin ol diyorlar.
Aklı başında davranıyorsun, bu kadar uslu olunmaz diyorlar.
Dikine gidiyorsun, yaşına başına yakışmaz diyorlar.
Ölünce ne diyecekler?
Muhtemelen; ölüm sana yakışmadı.
Normal tabii, dirimizi beğenmediler ki ölümüzü beğensinler...

Müşfik Kenter

Etkin iletişimde bulunabilmek için hepimizin dünyayı farklı şekilde algıladığımızın ve bu algılamalarımızı diğerleriyle iletişimimizde rehber olarak kullandığımızın farkına varmalıyız.

Anthony Robbins

Gülmek her zaman mutlu olmak için değildir. Bazen öyle gülmeler vardır ki, en büyük acıları gizlemek içindir.

Bob Marley

Neredeyse tüm bilgimizi bizimle aynı fikirde olanlara değil, bizden farklı düşünenlere borçluyuz.

Charles Caleb Colton

Bazıları gitmeyi bile beceremiyor...
Ya anısı kalıyor, ya acısı.

Cemal Safi

Her gece uykuya dalınca, ölüyorum. Ve her sabah uyandığımda, yeniden doğuyorum.

Gandhi

Herkesin üç kişiliği vardır: Ortaya çıkardığı, sahip olduğu, sahip olduğunu sandığı.

Alphonse Karr

Bir kez yalanını yakaladığın birinin, bin kez doğrusunu sorgularsın.

Anonim

Birisi barışı başlatmalı. Tıpkı savaşı başlattığı gibi!

Stefan Zweig

Aşk kelimesi ne kadar çok kullanılırsa, anlam yükü o kadar azalır.

Can Yücel

Bilginin ve bilgeliğin yokluğunda zihin söner. Beslenemeyen mideler gibi, beslenemeyen zihinlere de acıyalım. Açlıktan can çekişen bir bedenden daha da içler acısı bir şey varsa, o da aydınlık açlığından ölen bir ruhtur.

Victor Hugo

Kötülük ve iyilik bir tek şeydir, parçalanamaz. İyilik, kötülükten ayrı değildir.

Zülfü Livaneli

Gerçekten derinlemesine bir şey yapmanın tek yolu çok çalışmaktır. Ne zaman ki yaptığınız işe âşık olur, onun çok güzel ve zengin olduğunu düşünürseniz işte o zaman tehlikedesiniz.

Miuccia Prada

Bir insanı neden sevdiğiniz sorusuna cevap bulamıyorsanız, onu gerçekten seviyorsunuzdur.

Paul Auster

Sevmek,
Bir omuza yıllarca baş koymaktır,
Bütünleşmektir.
Sıkılmadan hayatı paylaşmaktır.
Sevmek bir eylemdir,
İki varlığın birbirine özünden bağlanmasıdır.
Sevmek yalnız güçlü bir duyguya kapılmak değildir;
bir karardır, bir yargıdır, bir söz vermedir.
Sevmek bir şeyin "içinde olmaktır"
bir şeye "kapılmak" değil...
Sevmek almak değil, bir şeyler vermektir...

Erich Fromm

Hayat bir sevdadır… Onu yaşa!
Hayat bir hediyedir… Onu al!
Hayat bir bilmecedir… Onu çöz!
Hayat bir fırsattır… Onu yakala!
Hayat bir şarkıdır… Ona eşlik et!
Hayat bir bahçedir… Onu der!
Hayat bir iyiliktir… Ona karşılık ver!
Kendine bir iyilik yap… Herkese gülümse…
Çünkü…
Samimi bir sevginin yerini başka ne tutabilir
bu hayatta…

Birine karşılıksız iyilik etmenin hazzını
başka hangi şey yaşatabilir insana…
Hangi intikam daha güçlüdür
kötülüğe iyilikle cevap vermekten…
İnsan yaşadıkça zaten, vazgeçemeyiz ki sevmekten…
Biliyorsun, küçücük bir tebessümle değişebilir
bütün dünya bir anda…

Biliyorsun, insanlığımız büyüdükçe
büyür iyiliğin sıcacık kucağında…
İyilik üzerine yazılar, hikâyeler, şiirler,
öneriler, güzel sözler ve daha neler neler…
Hadi, kendine bir iyilik yap. Herkese gülümse…

William Shakespeare

Aşk konusunda yanlış seçimden söz etmek hatalıdır, zaten seçim varsa o yanlıştır.

John Dryden

Dün olanları çok fazla düşünme. Yarın olacaklardan endişe duyma. Geleceğe ya da geçmişe bel bağlama. Yaşadığın anı değerlendir, zamanı boşa harcama.

Ömer Hayyam

Ve biz insanlar yeryüzünün bütün güzelliklerine sırtımızı çevirmiş, kendi karanlık iç dünyamızın derinliklerine dalmıştık.

Ümit Yaşar

Kendini değiştirmenin ne kadar güç olduğunu düşünürsen, başkalarını değiştirmede şansının ne kadar az olduğunu anlarsın.

Voltaire

Hiçbir miras, doğruluk kadar zengin değildir.
Shakespeare

Kıskançlık kendini peydahlayan,
kendi kendini doğuran bir canavardır.
Tolstoy

Dünya herkese yetecek büyüklükte. Onun için, başkasının yerini kapmaktansa, çalışarak gerçek yerinizi bulun...
Charlie Chaplin

İnsan aradığını bulmak için dünyayı dolaşır;
bulduğunu anlayınca da evine döner.
George Moore

Küçücük bağışlarla büyük mutluluklar
kazanmak büyüklüğün bir ayrıcalığıdır.
Nietzsche

Gülmek için mutluluğu beklersen, bir tebessüm edemeden ölürsün.

C. Lamb

İki şey aklın eksikliğini gösterir. Konuşacak yerde susmak, susacak yerde konuşmak.

Sâdi

İşin güç kısmı adam olmak değil, adam kalmaktır.

Andre Mazerelles

Kendinizi mutluluktan korumadıkça, üzüntüden koruyamazsınız.

Jonathan Safran Foer

Gençlerini kitapla beslemeyen milletlerin, sonu acıdır.

P. N. Ovidius

SIRADAN ARKADAŞ MI? GERÇEK DOST MU?

- Sıradan bir arkadaşınız sizi ağlarken görmemiştir. Gerçek dostunuzun omzu gözyaşlarınızdan sırılsıklam olmuştur.

- Sıradan bir arkadaşınız, anne ve babanızın adını bilmez. Gerçek dostunuz onlarla mutlaka tanışmıştır.

- Sıradan bir arkadaşınız kendisini yemeğe çağırdığınızda bir kutu çikolata ile gelir. Gerçek dostunuz yemek hazırlığına yardım için davetinize erken gelir.

- Sıradan bir arkadaşınızla sorunlarınızı rahatlıkla konuşabilirsiniz. Gerçek dostunuzla ise sorunlarınızı çözümlemeye çalışırsınız.

- Sıradan bir arkadaşınız sizin konuğunuz olur. Gerçek dostunuz evinizi kendi evi gibi görür.

- Sıradan bir arkadaşınız, hep kendisinin yanında olmanızı bekler. Gerçek dostunuz ise hep sizin yanınızdadır.

- Sıradan bir arkadaşınızla aranızdaki ilişki, en küçük bir tartışma sonunda biter. Gerçek dostunuzla kavga ettikten sonra da dost kalırsınız.

Bir kadının güzelliği gözlerinde görülür. Çünkü aşkın ikamet ettiği kalbine açılan kapı, gözlerdir.

Audrey Hepburn

Belki de ilk önce yanlış insanlarla tanışmasaydık, doğru insanı bulduğumuzda onların değerini anlayamazdık.

Bob Marley

Boş yere canı yanmaz insanın. Ya bir eksiklik vardır geleceğe dair, ya da bir fazlalık vardır geçmişten gelen.

Fuzuli

İnsan kalbindeki gerçek aşk dörtnala giden bir at gibidir, ne dizginden anlar ne de söz dinler.

Konfüçyüs

Başkalarını bilen bilgilidir. Kendini bilense bilgedir.

Lao Tzu

Bazen susmak gerekiyormuş, bazen bomboş bakmak
hayatın yalanlarına... Anlamaya çalışmak saçmalık!
Anlamadan yaşamak gerekiyormuş...
Ama bazen unutmak gerekiyormuş,
unutulma pahasına.
Zaman değilmiş gideni getiren,
aslında zamanmış var olanı götüren...

Sunay Akın

Bir anne yüreği, dibinde daima af bulunan bir uçurumdur.

Balzac

Hayat bisiklete binmek gibidir. Pedalı çevirdiğiniz sürece düşmezsiniz.

Claude Peppeer

Yalan bir sıkıntıyı halleder ama yerine binbir sıkıntı getirir.

Porter

Aslında insanların gerçek yüzleri her zaman ortadadır... Sadece bakmakta ve anlamakta geç kalırsın.

Bukowski

Ya sus ya da susmaktan daha değerli şeyler söyle.

Pisagor

Kadın gibi değil erkek gibi yaşadım. Canım ne istiyorsa onu yaptım, kendimi geçindirecek kadar para kazandım ve yalnız kalmaktan korkmadım.

Katharine Hepburn

Aşka yol çizebileceğinizi düşünmeyin, çünkü aşktır size yol gösterecek olan, sizi kendine layık bulursa eğer.

Halil Cibran

Sırf birisi iyi geceler demediği için, iyi geçmeyen geceler vardır.

Pablo Neruda

Ümitlerin kaderi, biri yok olduğunda diğerinin ortaya çıkmasıdır, işte bu yüzden bunca hayal kırıklığına rağmen dünyadan silinip gitmemişlerdir.

Jose Saramago

İnsan seviyorsa kaybetmekten korkar. Kıskançlık da bir kaybetme korkusudur. Kıskanmıyorsa eğer, yeterince sevmiyordur.

Oğuz Atay

Bir insanın şöhretine ve görünüşüne aldanma, aklına ve doğruluğuna bak.

Hz. Ömer

Bir amaca ulaşmak için birçok arzudan vazgeçmelisin.

Konfüçyüs

Huzur içinde yenen yavan ekmek, endişeyle edilen ziyafetten iyidir.

Ezop

Çoğu zaman bizi korkutan ışık değil, içimizdeki karanlıktır.

Nelson Mandela

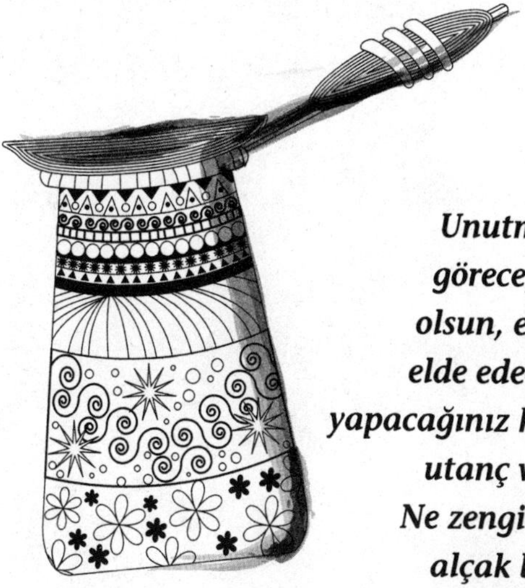

Unutmayın ki, hayatta göreceğiniz iş ne olursa olsun, erdem olmayınca, elde edeceğiniz her şeyin, yapacağınız her işin sonunda, utanç ve kötülük vardır. Ne zenginlik, zengin olan alçak bir kimseyse şeref getirir; çünkü böyle bir hâlde, zenginlik onun değil, başkasınındır; ne de beden güzelliği ve kuvveti, kötü ve alçak bir kimsede bulunursa, yerini bulmuş olur, uygun düşer; çünkü o kimseyi daha belirli bir şekilde ortaya koyar, alçaklığını daha açık olarak gösterir. Doğruluk ve erdem dışında kalan her bilgi de düzmecedir, bilgelik değildir.

Platon

Mağlup olmuş insanların mazeretlerini kimse dinlemez...
Ne mazeretlerini, ne çektiği acıları, ne hayal kırıklıklarını,
hatta ne de özürlerini...
Mümkünse bu dünyada mağlup olmayacaksın...
Zayıf düşmeyeceksin, tökezlesen de yıkılmayacaksın, yıkılırsan
kimse kaldırmaz seni düştüğün yerden.

Ahmet Ümit

Bir sorunun çözümünü bulmaya çalıştığınızda, muhtemelen ilk çözüm yolu çok uzun ve karmaşık olacaktır. Eğer siz yola devam eder ve çözümün üzerine yoğunlaşırsanız daha basit ve şık çözümlere ulaşabilirsiniz.

Steve Jobs

Geçmişinden kurtulmaya ihtiyacın var; çünkü yarın, ancak o zaman mümkün olabilir. Yeninin varlığını göstermesi için eskinin ölmesi gerekir.

Osho

Hayat umulmadık andaki değişimleriyle var ya da yok eder insanı. Öylesine sürprizlerle doludur ki sırtındaki küfeyi alır kiminden, elmasları yükler taş yerine kimine.

Jack London

Duyduğum acıyı göstermemek yetmiyordu, acı duymamak gerekiyordu.

Sartre

Kötülük karşısında yapılabilecek iki şey vardı. Birincisi uzaklaşmak ki bu en ilkeliydi, ikincisi savaşmak ki bu en zoruydu.

Azra Kohen

Kendi ışığına güvenen, başkasının parlamasından rahatsızlık duymaz.

Victor Hugo

Bir insanın nasıl güldüğünden terbiyesini, neye güldüğünden ise zekâsını ve seviyesini anlarsınız.

Mevlânâ

Cesaret edebilmek bazen bir süreliğine ayaklarınızın yerden kesilmesi anlamına gelebilir. Ama cesaret edememek, kendinizi tamamen kaybetmeniz anlamına gelir.

S. Kierkegaard

Dostum,
Evin varsa bir sıfır koymalısın varlıklar hanene,
İşin varsa bir sıfır daha koymalısın,
İş seninse üç sıfır daha koymalısın,
İşin iyi gidiyorsa üç sıfır daha,
Araban varsa bir sıfır,
Yazlığın varsa bir sıfır daha,
Daha sıralanabilir sıfırlar hanesi...
Ancak, sağlığın varsa bir koyarsın başına,
bütün sıfırlar
anlamlı bir değere ulaşır. Yoksa sonuç sıfırdır,
hiç uğraşmayasın boş yere...

Vehbi Koç

DALAI LAMA'NIN YAŞAM İÇİN 18 KURALI

1. Unutmayın ki büyük aşklar ve büyük başarılar, büyük riskler taşırlar.
2. Kaybetseniz bile kaybınızdan ders çıkarmayı bilin.
3. 3 S'yi aklınızdan çıkarmayın: Saygı, kendiniz için… Saygı, diğerleri için… Sorumluluk, yaptığınız her şey için…
4. Unutmayın ki bazen istediğinizi alamamanız aslında sizin için büyük bir şans olacaktır.
5. Kuralları öğrenin, böylece onları daha kolay ve etkili bir biçimde çiğneyebilirsiniz!
6. Küçük bir anlaşmazlığın iyi bir arkadaşlığa zarar vermesine izin vermeyin.
7. Bir yanlış yaptığınızda, gecikmeden bu yanlışınızı düzeltecek adımlar atın.

8. Her gün yalnız başınıza biraz zaman geçirin.

9. Değişime kollarınızı açın ama elinizdekileri kaybetmemeye dikkat edin.

10. Sessizliğin bazen en iyi cevap olduğunu unutmayın.

11. İyi ve onurlu bir yaşam sürmeye çalışın. Böylece, yaşlandığınızda geçmişinize bakar ve yaşadıklarınızdan tekrar tekrar keyif alırsınız.

12. Evinizdeki sevgi dolu atmosfer hayatınızın temelidir.

13. Sevdiklerinizle anlaşmazlığa düştüğünüzde sadece o anı çözmeye çalışın, eski olayları gün yüzüne çıkarmayın.

14. Bilginizi, bildiklerinizi paylaşın. Bu, ölümsüzlüğe giden bir yoldur.

15. Evrene karşı nazik olun.

16. Senede bir kere, daha önce hiç gitmediğiniz bir yere gidin.

17. En iyi ilişkinin, birbirinize ihtiyacınızdan daha çok değer verdiğiniz ve sevgi gösterdiğiniz ilişki olduğunu unutmayın.

18. Başarınızın değerini, onu elde etmek için neleri feda ettiğinizle ölçün.

Temiz bir kalp, zehirli dillerin bozduğunu düzeltir.

Homeros

Her şeyi kendimizle, kendimizi de herkesle karşılaştıracak şekilde yaratılmışız bir kere, bundan dolayı mutluluk ve hüznümüz bağlı olduğumuz şeylerden etkileniyor kuşkusuz, bu durumda en tehlikeli şey de yalnızlık.

Goethe

Her söz, ancak o sözü dinlemekte olan insanın algıladığı kadar bir anlam taşıyabilir.

John Ruskin

İnsan olduğunuzu hatırlayın.
Geriye kalan her şeyi unutsanız da olur.

Einstein

İnsanın alışamayacağı acı yoktur.

Gabrielle D'Annunzio

Hoşgörü nedir? Hoşgörü insanlığın
bir parçasıdır. Hepimizin hataları ve
eksikleri var; karşılıklı olarak birbirimizin
hata ve eksiklerini bağışlayalım,
çünkü hoşgörü doğanın ilk yasasıdır.

Voltaire

Ve gece boyunca korktuğumuz her şey,
günün doğmasıyla karşımıza çıkıyor.

Garth von Buchholz

Bir adamın birçok hüner, fen, bilgi sahibi
olduğuna bakma... Verdiği sözde duruyor mu?
Değer veriyor mu, vefası var mı?
Asıl ona bak!

Mevlânâ

Mutluyken görmezden geldiğin
şeyler mutsuzken canını yakar.
Çünkü insan hatalarını
mutluyken değil, hep mutsuzken anlar.

Anton Çehov

İnsanın evi, gönlünün bağlı olduğu yerdir.

Napoleon Bonaparte

Kuşlar gibi uçmasını, balıklar gibi yüzmesini öğrendik. Ancak bu arada çok basit bir sanatı unuttuk: kardeş olarak yaşamayı.

Martin Luther King

Sevmek, hayal kurmak kadar kolay. Peki ya unutmak? Kurduğun hayallerin gerçekleşmesi kadar zor.

Sunay Akın

İçinizde tutulan mutluluk, tohum; paylaşılan mutluluk, çiçektir.

John Harrigan

Zeki bir insan yalnızlıkta, düşünceleri ve hayal gücüyle mükemmel bir eğlenceye sahiptir.

Arthur Schopenhauer

Giderken kendimi sende bırakmayı diliyordum,
gördüm ki sana hiç gelmemişim.
Anladım ki iyi niyetlerle dolu temenniler yalana
sıvanmış teşekkürlerde boğuluyormuş.
Merhabanın boynunu bükene elveda demek
zulümmüş. Zülüflerinden zül akan yâre,
sancıyan yaram kadar
bile değer görmem. Ondandır ki yârim ile değil
yaram ile hoşum...

Şems-i Tebrizi

GİDİYORUM

Çölde bir yolcu gibi yalnızlığım içinde
Kavrulup gidiyorum.
Serseri bir rüzgâr gibi hep ganimet peşinde
Savrulup gidiyorum.
Serçe kadar pervasız, bir günden ötekine
Atlayıp gidiyorum.
Bütün kumaşlarını açtığım gibi yine
Katlayıp gidiyorum.
Bir kış güneşi gibi ben keyfimin esiri
Görünüp gidiyorum.
Ne belli yerim var, ne de sevdiğim biri
Sürünüp gidiyorum.

Cahit Sıtkı Tarancı

Bir akşamüstü
pencerenden bakıyordun
Ağır ağır, yollara
inen karanlığa.
Bana benzeyen
biri geçti evinin önünden.
Kalbin başladı
hızlı hızlı çarpmaya...
O geçen ben değildim.

Özdemir Asaf

Bir çocuk sahibi olmaya karar vermek çok önemlidir, sonsuza dek yüreğinizin, bedeninizin dışında olmasını kabul etmektir.

Elizabeth Stone

Eğer dinlenmek istiyorsan, dinlemeye zaman ayırmayı öğrenmelisin.

Marge Piercy

Hayatın en büyük hataları, başarıya ne kadar yaklaştıklarını bilmeyen insanların vazgeçmelerinden dolayı olur.

Thomas Edison

Mutluluğu kendi içinde bulmak zordur fakat onu başka bir yerde bulmaksa imkânsızdır.

Arthur Schopenhauer

Kadınların erkek korumasına ihtiyacı yoktur ama kendini korumayı öğrenmeye ihtiyacı vardır.

Susan B. Anthony

Akıllı olmak da bir şey değil, mühim olan o aklı yerinde kullanmaktır.

Descartes

Aslında insanlar seni hayal kırıklığına uğratmıyor. Sadece sen, yanlış insanlar üzerinde hayal kuruyorsun.

Montaigne

Yaşamımda edindiğim en büyük bilgi şudur: Kendi kendine yardım etmeyi bilmeyene, hiç kimse yardım etmez.

Pestalozzi

Sığ suları en hafif rüzgârlar bile coşturabiliyor. Derin denizleri ise ancak derin sevdalar. Anladım ki, derin ve esrarengiz olan her şey susuyor. Anladım ki susan her şey derin ve heybetli.

Şems-i Tebrîzî

Öfkenin başlangıcı çılgınlık, sonu pişmanlıktır.

Thomas Carlyle

Okulda "Büyüyünce ne olmak istiyorsun?" diye sordular. Ben de "Mutlu" yazdım. Bana, "Ödevi anlamamışsın," dediler. Ben de onlara, "Siz hayatı anlamamışsınız," dedim.

John Lennon

Herkes aynı şeyi düşünüyorsa, hiç kimse fazla bir şey düşünmüyor demektir.

W. Lippmann

Sevmek! Kelimelere herkes kendine göre bir anlam, bir değer veriyor galiba. Bu değerler aynı olmadıkça iki kişi iki ayrı dil konuşuyorlarmış gibi olmuyor mu?

Yusuf Atılgan

Büyükler sayılardan hoşlanır. Onlara yeni bir dostunuzdan söz açtınız mı, hiçbir zaman size önemli şeyler sormazlar. Hiçbir zaman: "Sesi nasıl? Hangi oyunu sever? Kelebek toplar mı?" diye sormazlar. "Kaç yaşındadır? Kaç kardeşi var? Kaç kilodur? Babası kaç para kazanır?" diye sorarlar. Ancak o zaman tanıdıklarını sanırlar onu. Büyüklere: "Pembe kiremitten bir ev gördüm, pencerelerinden sardunyalar, damında güvercinler vardı," derseniz, o evi bir türlü gözlerinin önüne getiremezler. Onlara "Yüz bin franklık bir ev gördüm," demeniz gerek. O zaman: "Aman ne güzel!" diye bağırırlar.

Antoine de Saint-Exupéry

En karanlık günlerde bile umut bulur, aydınlık günleri düşünürüm, ben evreni yargılamam.

Dalai Lama

Düşünce şüpheyle başlar. Düşünce, tezatlarıyla bütündür. Zıt fikirlere kulaklarımızı tıkamak, kendimizi hataya mahkûm etmek değil midir?

Cemil Meriç

İçi insanlarla dolu büyük evler var karşıda, gene de tek odada bir başına olmak, bir evde yalnız yaşamak, yaşamın en önemli yanı, daha doğrusu: Kimi zaman yalnız kalabilmek mutluluğun ilk koşulu.

Franz Kafka

Mutlu olmak için uğraş vermelisiniz. Mutluluğa, iş, para ya da aşkla ulaşılmaz. Mutluluk sizinle kendiniz arasında bir meseledir.

Rufus Wainwright

Bir ilişkiyi az seven yönetir. Çünkü çok seven kaybetme korkusundan her şeye olur der.

Erich Fromm

Aşk bir ateştir. Herkesi yakar, herkeste iz bırakır. Dünyanın çirkinliğinin bahanesi budur.

Leonard Cohen

Sevgi ile nefret arasında çok ince bir çizgi vardır. Birisinden nefret ediyorsanız ve bir gün onu yenemeyeceğinizi anladığınız zaman onu sevmeye başlarsınız.

Peyami Safa

Dilin söylediği veya kalemin yazdığı sözcüklerin en acıklısı şunlardır: Öyle de olabilirdi...

John Greenleaf Whittier

Bazen her şeyi unutup sadece sımsıkı sarılmak istersin ama bir şey hep engel olur. Nedir o biliyor musun? Gurur.

Can Yücel

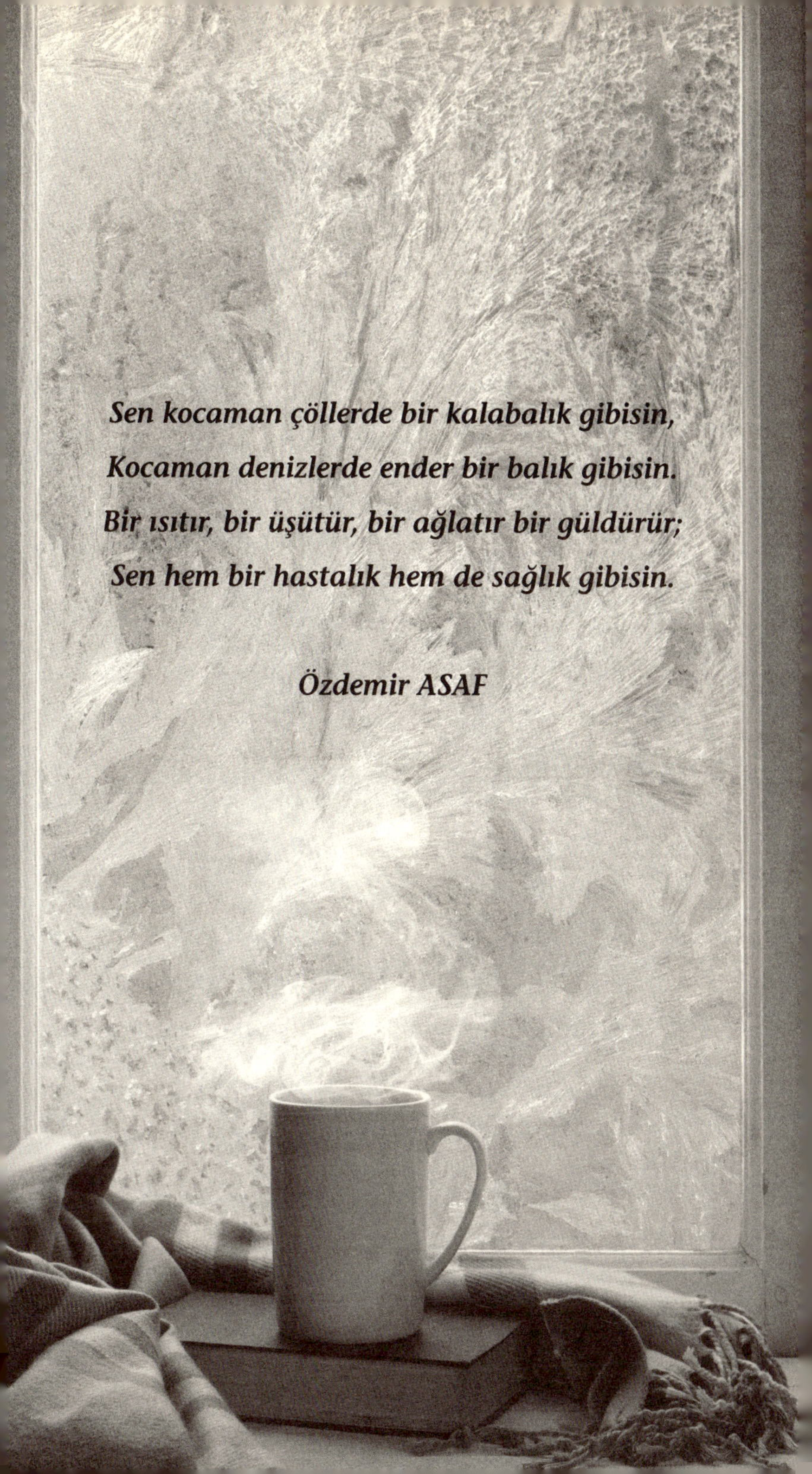

Sen kocaman çöllerde bir kalabalık gibisin,
Kocaman denizlerde ender bir balık gibisin.
Bir ısıtır, bir üşütür, bir ağlatır bir güldürür;
Sen hem bir hastalık hem de sağlık gibisin.

Özdemir ASAF

Bir şeyin haklı olduğunu bildiğin hâlde, o şeyden yana çıkmazsan, korkaksın demektir.

Konfüçyüs

Geçmiş sabit değildir; her gelen kuşak geçmişin gerçeklerini yeniden keşfeder.

Aldous Huxley

İki şeye hakkım olduğuna karar verdim: Özgürlük ve ölüm. Birine sahip olamazsam ötekini isterim çünkü hiç kimse beni canlı tutsak edemez.

Harriet Tumban

Çatlayan duvarlarını mazeret balçığıyla sıvamak kimseyi yaşayacağı yıkıntıdan kurtaramaz.

Muhammed Bozdağ

Kötülük taşıyan fikirlerin korkunç yanı şudur: Zihinler bu fikirlere zamanla alışır.

Alexandre Dumas

Geceleri penceremden dışarı baktığımda, dünyada ne bir kötülüğün ne de bir acının olamayacağını hissediyorum. Sonra gün başlıyor...

Jane Austen

Kim âşık olmuşsa, kendisinin eksik parçalarını arıyordur. Bu yüzden âşık, maşuğunu düşündükçe acı çeker. Bu tıpkı, uzun zamandır görmediğin birinin odasına girdiğinde bulduğun anılar gibidir.

Haruki Murakami

Aşk verilen bir ödül veya hata yaptığında geri alınan bir şey değildir. İki taraf için de bir hediyedir. Ona sahip olduğun gün korkmamalısın.

Nora Roberts

Korku işe yarayabilir ama korkaklık hiçbir işe yaramaz.

Gandhi

Sevgi varsa zor diye bir şey yoktur. Sevgi varsa, yol kolay ve kısadır. Sevgi bir sözcük ya da sadece bir his değildir. O bir güç kaynağıdır! O enerjidir. Siz onu çağırabilir, onu açıp kapatabilir, onu depolayabilir, dışarı gönderebilir ve birçok şeyde kullanmak üzere odaklayabilirsiniz. O daima mevcuttur ve sizi asla başarısızlığa uğratmaz. O, evrenin size vaadidir! O, işleri yürüten ortak bağdır. Bunu görmeye başlamanızın artık zamanıdır...

Lee Carroll

Arkadaşınız sizin tarlanızdır...
Sevgi ekip şükran toplarsınız.
Halil Cibran

Yetenden fazlasının ne olduğunu bilmezsen neyin yeterli olduğunu asla bilemezsin.
William Blake

Bugünü anlamak için geçmişi bilmeniz gerekir.
Carl Sagan

Bazı insanlar belayı kendine çekerdi. Bazı insanlar, hayat onlara çok kolay bir yol çizmiş olsa da, her şeyi berbat etmenin bir yolunu bulurdu.
Harlan Coben

Bazı şeyler dikkatini çeker ama sadece kalbini çalanların peşinden git.
Kızılderili Atasözü

Her şeyi kapsayan bir hayal kırıklığı olmadan
her şeyi kapsayan bir düşünce değişimi
gerçekleşmez...

Cioran

Hüznümle vedalaşmayı, bana öğretmediler.

Gülten Akın

Fakat dostum, insanın ruhu yazı tahtası değildir
ki üstündekileri sildikten sonra yerine yenilerini
yazmak mümkün olsun.

Peyami Safa

Her şeyi yapabilirsin fakat kendini hiçbir zaman
yaptıklarından dolayı mazeret söylemeye
alıştırmamalısın.

Lord Chesterfield

Sarılmak için, önce yürek gerekir.
Kollar sonraki iş...

Özdemir Asaf

İçteki yangın yarasına dünyada deva ümit edenler, o ümit devasıyla yara üstüne yara açmış olurlar.

Hz. Ali

Gençlik ilkbahar gibidir, yaşlılık ise kışa benzer, öyle bir kış ki, arkasından bahar gelmez.

Firdevsi

İnsanın hakikati, sana gösterdiğinde değil, gösteremediğindedir. Bundan ötürü onu tanımak istersen dediklerine değil, demediklerine kulak ver.

Halil Cibran

Aynı yolu beraber yürüdüğümüzü sandığımız insanlar, aslında bize sadece gidecekleri yere kadar eşlik ediyor.

Mark Twain

CHARLES BUKOWSKI'DEN KADINLAR HAKKINDA...

Kadınlara yalan söylemekten çekinmeyin. Yeter ki kendileri için söylendiğini bilsinler. Harikulade düşünceler ve harikulade kadınlar kalıcı değildirler.

Basit erkek, bütün bayanlara güzelsin demeyi tercih eder. Basit kadın buna inanır, zor kadın güler ve geçer.

Erkek tahmin etmek ve başarısız olmak için yaratılmış, kadın geri kalan her şey için.

Her kadın farklıdır. Aslında en iyi ve en kötünün karışımıdırlar. Hem sihir hem de dehşet... Ne olursa olsun var olduklarına memnunum.

Erkekler bir futbol maçı izler ya da bowling oynarken; kadınlar bizi düşünüyorlar. Bizi kabul edip etmeme, atıp atmama, öldürüp öldürmeme ya da sadece terk edip etmeme konusunda enine boyuna düşünüp karar veriyorlardır.

Hıçkırarak ağlayan bir kadının gözyaşları, ağlatan adamın başına geleceklerinin altına atılacak imzadır.

Bir kadın size sırtını döndüyse, o kadını unutun.

Hiç erişemeyecekmişsin ya da her şeyi yitirecekmişsin gibi çalış.

Konfüçyüs

Aslında insanı en çok acıtan şey; hayal kırıkları değil. Yaşanması mümkünken, yaşayamadığı mutluluklardır.

Dostoyevski

Geçmişinizde kalmış ve değiştiremeyeceğiniz şeyler yerine, değiştirebileceğiniz şeylere odaklanın.

Mandy Hale

Çekip gidene her şey mizah, kalıp bekleyene her şey şiirdir.

Albert Camus

Beklemesini bilenin her şey ayağına gelir.

Balzac

Aşk, yürekten gökyüzüne kadar uzanan ateşten bir merdivendir.

E. Geibel

Öyle bitkiler vardır ki yeşerirler ama çiçeğe durmazlar ve öyleleri vardır ki çiçek açarlar ama meyve vermezler.

Konfüçyüs

Bir insanın bu dünyada mutlu olabilmesi için sadece üç şeye ihtiyacı vardır: Sevecek birisi, yapacak bir şeyi ve umut ettiği bir şey.

Allan Chalmers

Hayatımı kazanmam için önce onu yitirmem lazım.

Carol Collopy

Güzel olan sevgili değil, sevgili olan güzeldir.

Tolstoy

Ayrılık canınızı yakmıyorsa, o ilişki zaten başından beri bir hatadır!

Reese Witherspoon

Yalnızın odasında ikinci bir yalnızlıktır ayna.

Özdemir Asaf

Her şey üstüne gelip seni dayanamayacağın bir noktaya getirdiğinde, sakın vazgeçme! İşte orası kaderinin değişeceği noktadır.

Mevlânâ

Kimine göre pişmanlık, kimine göre yanlışlık... Sen ne dersen de, dünya öyle bir yer ki; her güzelliğin sonu sadece yalnızlık.

Can Yücel

İnsan gerçekleri sadece kalbiyle görebilir. En temel şeyi gözler göremez.

Antoine de Saint-Exupéry

Affetmek ve unutmak iyi insanların intikamıdır.

Friedrich Schiller

Mutluluğa kulak ver; onun belirleyici olmasına izin ver. Bırak gideceğin yöne mutluluk karar versin ve sonra bunun içine doğru hareket et.

Osho

Gözler sadece beynin algılamaya hazır olduğu şeyleri görür.

Henri Bergson

Oğlum, ben nice sıkıntılar ve acılar çektim. Fakat insanlara muhtaç olmaktan daha acı bir şey görmedim.

Lokman Hekim

Bir şey sağduyunun ne kadar zıttı ise, kendine o kadar çok hayran çeker; en kötü şey, her zaman çoğunluğu okşayan şeydir.

Desiderius Erasmus

Hüzünlüydüm
Bitmeyen bir dert taşıyan yüreğimle
Doğacak olan güneşi bekliyordum
o tepenin üzerinde
Senelerin ağırlığı binerken çökmüş omuzlarıma
Muhtaçtım çöllerin o ıssız sonsuzluğuna
Kırdaki çiçekler gibi zenginlik varken çevremde
Sonsuz bir yalnızlık çekiyordum çaresiz yüreğimde
Yoktu bir başkası çevrem ne kadar dolarsa dolsun
İstiyordum sadece o, yalnızca o benim olsun
O farklıydı, o candı, güneşti benim için
Tek çareydi soğumuş kalbimi ısıtmak için
O ateşti, yakacaktı beni, bilecektim
Ben pervaneydim. Gerekirse yolunda ölecektim
Olmadı, yapamadım kalbimin isteğini
Acım kalbimi dağlıyordu
İlerde;
Doğmak üzere olan kızılla kaplı şafakta
Bir bulut ağlıyordu.

Yaşar Kemal

Tıpkı bir kasırganın merkezindeki sakin bölge
gibi durgun ve bomboştum,
çevremdeki karmaşanın içinde
yuvarlanıp gidiyordum.

Sylvia Plath

İşleyebileceğiniz en büyük günah, başkasından
nefret etmek değil, ona kayıtsız kalmaktır.
İnsanlık dışı olmanın özü nefret değil
kayıtsızlıktır.

George Bernard Shaw

Ya kırdığın gönlü Allah seviyorsa? Bilemezsin.
Bilseydin ödün kopardı, dokunamazdın.

Mevlânâ

İyilik, yoldan toplanan bir şey değildir.
Tesadüfen ele geçen bir şey değildir. İnsan iyiliği
ancak başka bir insandan öğrenir.

Cengiz Aytmatov

İnsan düşmekten değil, düşerse 'hadi kalk' diyebilecek bir dost sesi duyamamaktan korkar.

Aldous Huxley

Bir damla gözyaşı ve umutla yoğrulmuş küçük bir hediye, kırılan kalbinizi iyileştirip tüm hayatınızı değiştirmeye yeter mi?

Darien Gee

Bir insana vazgeçilmez olduğunu hissettirirseniz, ilk vazgeçeceği insan siz olursunuz.

Sigmund Freud

Bana vahşi ve tehlikeli bir kadın olduğumu söylediler. Ben gerçekleri söylüyorum. Gerçekler de vahşi ve tehlikeli.

Nawal El Saadawi

Dinlemeyi severim. İnsanları dikkatle dinleyerek çok şey öğrendim. Çoğu insan karşısındakini hiç dinlemez.

Ernest Hemingway

Hep bir yerlere, bir şeylere yetişme
telaşındasınız değil mi?

Hiç vaktiniz yok, Fast live, Fast food, Fast music,
Fast love...

Dikte ettirilen yükselen değerler, in'ler, out'lar...

Buna benzer bir odada, şanslıysanız
gökyüzünü görebilen bir pencere ardında
bitecek hepsi.

Dostluğu klavyelerinde, yaşamı monitörlerinde
arayanlar, size sesleniyorum!

Hangi tuş daha etkilidir ki sıcacık bir gülüşten
ya da hangi program verebilir bir ağaç
gölgesinde uyumanın keyfini?

Copy-paste yapabilir misiniz dalgaların sahille
buluşmasını?

İçinizi ısıtan gün ışığını gönderebilir misiniz
maille arkadaşlarınıza?

Sevgiyi tuşlarla mı yazarsınız?

Öpüşmek için hangi tuşlara basmak
gerekir?

Ya da geri dönüşüm kutusunda saklanabilir mi
kaybolan zaman?

Doğayı bilgisayarlarına döşeyenler,
neden görmezsiniz bahçedeki akasyanın
tomurcuklandığını?

Ve ıslak toprak kokusu var mıdır dosyalarınız
arasında?

Koklamak, duymak, dokunmak, yok mu yaşam
skalanızda?

Bilgi toplumu oldunuz da, duygu toplumu
olmanıza megabaytlarınız mı yetmiyor?

Müşfik Kenter

İşler kötü gittiğinde ki bazen gidecektir,
Tırmandığınız yol size çok dik geldiğinde,
Elinizdeki para az, borçlarınız çok olduğunda,
Gülümsemek isteyip iç çektiğinizde,
Biraz daha endişe, sizi daha da kötü yaptığında,
Gerekirse dinlenin ama vazgeçmeyin.
Hayatın dönemeçleri olduğunu
Öğreniriz hepimizin zamanla,
Ve birçok başarısızlık tersine döner,
Sonuna kadar dayanıp kazandığınızda;
Vazgeçmeyin adımlarınız ne kadar ağırlaşsa da,
Esecek bir rüzgârla başarıya ulaşabilirsiniz.
Tersine döndürülmüş başarısızlıktır, başarı,
Gümüşe çalan şüphe bulutlarının altında,
Anlayamazsınız hedefinize ne kadar yakın
olduğunuzu,
Çok uzak gibi görünürken, hemen yanı
başınızda olabilir;
Öyleyse, devam edin mücadeleye, en kötü
anınızda,
İşler kötü gidiyor gibi göründüğünde,
Vazgeçmemelisiniz!

C. W. Longeneck

Tarihin akışını seyredip onun üzerine
düşündükçe şunu anlayacağımızı bilmiyorlardı:
Değişim önce ruhta başlar, sonra hayatlarımıza
yansır.

Franz Kafka

Bir insanın zekâsı cevaplarından değil,
sorduğu sorulardan anlaşılır.

Einstein

Hayat, yaşanması ve öğrenilmesi
gereken bir dizi dersten ibarettir.

Helen Keller

Yeryüzünün gözyaşları sonsuzdur.
Biri ağlamaya başladığında, bir başka yerde,
bir başkasının gözyaşları diner.

Samuel Beckett

Suskunluk, aşağılamanın en iyi anlatım
biçimidir.

George Bernard Shaw

Gece en karanlık ve ebedi göründüğü
zaman gün ışığı en yakındır.
Her gecenin bir sabahı vardır.

Halide Edip Adıvar

Menfaat her dili konuşur, her kılığa girer,
hatta menfaatlere karşı kayıtsız biri gibi
görünmesini de bilir.

La Rochefaucauld

Ne kadar çok insanı seversek,
asıl sevdiğimiz bir tek kişiyi de o kadar çok
ve kuvvetli severiz.
Aşk dağıldıkça azalan bir şey değildir.

Sabahattin Ali

Hepimiz zaaflarla, yanılmalarla yoğrulmuşuz,
birbirimizin budalalıklarını karşılıklı olarak
hoş görelim, tabiatın ilk yasası budur.

Voltaire

Alışma bana, ne yapacağım belli olmaz!
Bugün varım yarın birden yok olurum.
Dokunma bana, kapanmamış yaralarla
doluyum.
Canımı acıtma, bir yara da sen açma!
Sevme beni yoğun duygularımda kaybolursun,
tutuşursun.
İsteme beni, yasaklarla boğuşursun,
engellerle doluyum.
Çözmeye çalışma sakın, seninle karışır iyice
kördüğüm olurum...
Anlama beni, ben kendimi bilirim,
ben böyle mutluyum...
Aşkı yaşatmamı isteme asla,
ben aşka yıllardır inanmıyorum...
Güveniyorsan kendine, inandır aşkın varlığına...
Sonucunda öyle bir aşk yaşatırım ki!
Vazgeçemezsin tutkun olurum.
Yıkabilirsen duvarlarımı, sakın bırakma beni.
Tüm tutkularım ve gücümün arkasında,
Hâlâ minik bir çocuğum.
Büyütemezsen, kaybolurum...

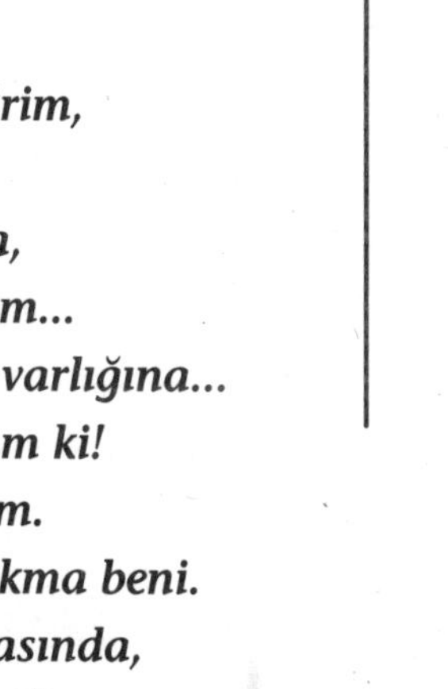

Rabindranath TAGORE

Bir kadının ne dediğine değil, ne demek istediğine kulak ver. Çünkü onlar, kimse kırılmasın diye bazı şeyleri söylemezler.

Paul Auster

Özgürlük için gökyüzünü satın almanıza gerek yok. Ruhunuzu satmayın yeter.

Nelson Mandela

Yeryüzünde bütün ızdıraplar, aza kanaat etmemekten doğar.

Firdevsi

Sevgilin geçmişini sormuyorsa merak etmediğinden değil, sıranın kendi geçmişine geleceğini bilmesindendir.

William Golding

İnsanlarla öyle iyi geçinin ki; düşmanlarınız bile ölümünüze ağlasınlar.

Hz. Ali

Kusur bulmak için bakma birine,
Bulmak için bakarsan bulursun.
Kusuru örtmeyi marifet edin.
İşte o zaman kusursuz olursun.

Mevlânâ

Çok çalıştım gitmeye de kalmaya da...
İkisi de aynı acı, ikisi de rezil. Daha önce de gitmiştim ama böyle kalarak değil!

Can Yücel

İnsan kendini bir kadına duyduğu aşk yüzünden öldürmez. Aşk bizi tüm çıplaklığımız, sefilliğimiz, düşkünlüğümüz ve hiçliğimizle açığa vurduğu için öldürür.

Cesare Pavese

Hayatınızda denge sorunu varsa etrafınıza dikkatlice bakın; muhtemelen birini yanlış bir yere koymuşsunuzdur.

Jean Christophe Grange

Mutluluk, elde etmek için peşinden koşulacak; sonra da kaybetmemek için çaba sarf edilecek bir şey değildir. Mutluluk, senden bağımsız olarak istediği zaman gelir, dokunur sana. Önemli olan, o eşsiz temas anının tadını çıkarmayı akıl edebilmektir...

Victor Hugo

Yapabileceğimizin en iyisini yapmak,
hiç yapmamaktan ve
mazeret üretmekten iyidir.
Dan Millman

Evren bize kendi hakkımızda bütün kitapların
öğrettiğinden daha fazlasını öğretir.
Çünkü direnir bize. İnsan engelle boy
ölçüştüğü zaman tanır kendini.
Antoine De Saint-Exupéry

Dünya çok acı çekiyor.
Ama kötü insanların şiddetinden değil,
iyi insanların sessizliğinden.
Napoleon Bonaparte

Yolun ucunun nereye varacağını düşünmek
beyhude bir çabadan ibarettir.
Sen sadece atacağın ilk adımı düşünmekle
yükümlüsün. Gerisi zaten kendiliğinden gelir.
Şems-i Tebrîzî

Herkesle iyi geçinmek için hava gibi olmak
lazım; renksiz, vücutsuz. Benim fikirlerim,
değerlerim var. İnandığım şeyler, sevmediğim
şeyler var.

Elif Şafak

Korku içimizdeki en iyi şeydir. Bizi güvende tutar
ve gözümüzden kaçırdığımız, yeterince dikkat
etmediğimiz durumlarda dahi dünyayı
daha iyi anlamamızı sağlar.

John Katzenbach

Yıllar geçtikçe yaşlanmıyoruz,
her gün yenileniyoruz.

Emily Dickenson

Büyük acılar daha önemsizlerin hissedilmesini
engeller ve tersine, büyük acıların yokluğunda
en küçük dertler ve sıkıntılar bile bize
büyük acı verir.

Arthur Schopenhauer

Çok sevdik.
Gerçekten de çok sevdik.
Tek bir hatayla.
Yanlış sevdik biz...
Onsuz yaşayamam diyerek...
Bitecek bir şeyi bitmeyecek gibi sevmişiz biz.
Çok sürmedi zaten,
gözlerimizi kapadık,
gözlerimizi açtık,
bir koca umut damladı gözümüzden,
ve bitti...

Hikmet Anıl Öztekin

"Gözden ırak, gönülden de
ırak olur mu efendimiz?"
"Hayır Olric. Yüreğinde bir yer açıp
oraya oturttuğun her kimse,
seninle birlikte gider her yere."
Oğuz Atay

Akıllı insan düşündüğü her şeyi söylemez,
fakat söyleyeceği her şeyi düşünerek söyler.

Aristoteles

İki seçenek arasında kaldığınızda yazı tura atın. Parayı fırlattığınız anda saniyelik olarak hangisinin gelmesi için ümit ettiyseniz onu seçin.

Anonim

Sevdiğine bağlı kalmak için uğraşmak,
sadakatsizliğin ta kendisidir.

La Rochefoucauld

Birini sevmek, ömürden koca bir parça vermektir. Kendine saklayacağın, öğreneceğin, eğleneceğin vakti, başkasına hediye etmektir.

Chuck Palahniuk

Konuştukça, söyleyemediklerimiz birikiyor.

Tomris Uyar

Her akıl, gücünün yetmediği ve idrak edemediği şeyleri inkâr eder.

İbn-i Haldun

Sevmek, insanı yalnızlaştırıyor.

Virginia Woolf

İnsan hiçbir zaman büsbütün yalnız değildir dünyada. En kötü durumda, bir çocuğu, bir delikanlıyı ve zamanla olgun bir adamı, yani kendisinin eski bir hâlini bulur yanında.

Cesare Pavese

Aşk, ayrılığa dek kendi derinliğini bilmez.

Halil Cibran

Şu günlerde pek çok insan ürpertici bir sağduyuyla ölüyor ve insanın pişman olmayacağı yegâne şeyin yaptığı hatalar olduğunu ne yazık ki pek geç keşfediyor.

Oscar Wilde

Yalnızlık bir yana bırakılırsa,
akşam yemeğinin ardından okunan güzel
bir kitabın keyfi hiçbir şeyde yoktur.
Franz Kafka

Gün gelir ve anlar ki insan; yaşadığı
her şey bir yalandır! Geriye vazgeçemediği
bir aşk ve kabullenemediği bir yalnızlık kalır.
Cengiz Aytmatov

Büyük aşklara tutulmuş olanlar,
kendilerine geldiklerinde bütün ömürlerince
hem memnun hem de pişman olurlar.
La Rochefaucauld

Önderler nazik olurlarsa, halkları
saygısızlığa cesaret edemez.
Önderler adil olurlarsa halkları serkeşliğe
cesaret edemez. Önderler güvenilir olurlarsa,
halkları yalancılığa cesaret edemez.
Konfüçyüs

İyilik demek kimseye kötülüğü dokunmamak değil, kötülük yapacak cevheri içinde taşımamak demektir.

Sabahattin Ali

Zamanı öğrendim. Yarıştım onunla...
Zamanla yarışılmayacağını, zamanla barışılacağını, zamanla öğrendim...

Mevlânâ

Dünyanın en yoksul insanı,
paradan başka hiçbir şeyi olmayandır.

Arthur Schopenhauer

İnsanlar parlayanı karartmaktan,
yükseleni yere serip toza bulamaktan hoşlanırlar.

Friedrich Schiller

Fedakârlık yaparak kendinizle uzlaşmayın.
Sahip olduğunuz tek şey kendinizsiniz.

Janis Japlin

Sevgi her zaman sabırlı ve candandır.
Asla kıskanç değildir.
Sevgi asla kendini beğenmiş ya da kibirli değildir.
Asla kaba ve bencil değildir.
Saldırgan ve kızgın değildir.
Sevgi başka insanların günahlarından
zevk almaz, fakat hakikati sever.
Her zaman bağışlamaya, güvenmeye,
ümit etmeye hazırdır ve başa gelen
her şeye tahammül eder.

Uzaktaki Anılar, Nicholas Sparks

Silgi kullanmadan resim çizme sanatına, hayat diyoruz.

John Christian

Parçaları kaybolmuş puzzle gibi artık insanlar. Kiminin kalbi, kiminin ruhu, kiminin beyni yok.

Chuck Palahniuk

Kusursuzluğu unutun. Her şeyde bir çatlak vardır, ışık içeri böyle girer.

Leonard Cohen

Acı çekmeyenler, başkalarının acı çekebileceğini akıllarına bile getirmezler.

Samuel Johnson

Gerçek aşk sevgilinin bütün kusurlarını görür ve sever... Aşk inanmanın şiiridir. Aşk şüphe etmez. Aşk kıskanmaz. Aşk iğrenmez. Aşk çirkin bulmaz. Aşk küçümsemez...

Peyami Safa

Kara çalıda gül bitmez.

Karacaoğlan

Zamanı geldiğinde elveda dememek budalalıktır.

Samuel Beckett

Aşkın kötü tarafı insanlara verdiği zevki, eninde sonunda ödetmesidir.
Şu veya bu şekilde... Fakat daima ödersiniz.

Ahmet Hamdi Tanpınar

Bana çatıldığı zaman öfkem değil dikkatim uyanır: Bana çatandan bir şeyler öğrenmeye can atarım.

Montaigne

Aşk, mantarlara benzer. İyi yahut kötü cinse mensup olduğu, ancak iş işten geçtiği vakit anlaşılır.

Platon

Şems der ki:
Eğer hâlâ kızıyorsan kendin ile olan kavgan bitmemiş demektir.
Eğer hâlâ kırılıyorsan gönül evinin tuğlaları pekişmemiş demektir.
Eğer hâlâ kınıyorsan af makamına ulaşmamışsın demektir, öfke ve kin seni cayır cayır yakıyor demektir.
Eğer hâlâ Allah için sevmiyor ve sevginde ayrım yapıyorsan, hâlâ vesveseye uyuyor, içindeki sevginin yoğunlaşmasına engel oluyorsun demektir.

Eğer hâlâ 'ben' demekten vazgeçmiyorsan dizginlerin hâlâ nefsinin elinde ve sen bu esarete boyun eğiyorsun demektir.
Eğer hâlâ musibetlere yana yana üzülüyorsan gerçeği bilmiyorsun demektir.

Eğer hâlâ şikâyet ediyorsan HAKİKATİ göremiyorsun demektir.

Sen çiçek olup etrafa gülücükler saçmaya söz ver. Toprak olup seni başının üstünde taşıyan bulunur.

Mevlânâ

Hayatın en büyük trajedisi çok çabuk yaşlanmamız ama çok geç akıllanmamızdır.

Benjamin Franklin

Kendini yalnız hisseden kimse için her yer çöldür.

Anton Çehov

Verebileceğin en cesurca karar, kalbini ve ruhunu inciten şeyi bırakmandır.

Brigitte Nicole

Dürüstlük bir şehirdir, ben de o şehrin sultanıyım. Onda kendim yaşayayım, kendim öleyim, kendim korunayım...

Şems-i Tebrîzî

Sevgiyi, dünyadaki tüm kötülüklere karşı bir zırh gibi giy. Bu zırh, hiçbir silahın delemeyeceği tek kalkandır.

Peter Deunov

Ölüler yaşayanlardan daha çok çiçek alır, çünkü pişmanlık minnetten daha güçlüdür.

Anne Frank

Kitapsız bir oda, ruhsuz bir beden gibidir.

Marcus Tullius Cicero

Bir hayali öldürmek, bir gerçeği öldürmekten daha zordur...

Virginia Woolf

Hayatta hiçbir şeyden korkmayın yalnız; her şeyi anlamaya çalışın. Şimdi anlama zamanı, böylece daha az korkabiliriz.

Marie Curie

Ağlamak için gözden yaş mı akmalı?
Dudaklar gülerken, insan ağlayamaz mı?
Sevmek için güzele mi bakmalı?
Çirkin bir tende güzel bir ruh, kalbi bağlayamaz mı?
Hasret; özlenenden uzak mı kalmaktır?
Özlenen yakındayken hicran duyulamaz mı?
Hırsızlık; para, mal mı çalmaktır?
Saadet çalmak, hırsızlık olamaz mı?
Solması için gülü dalından mı koparmalı?
Pembe bir gonca iken gül dalında solmaz mı?
Öldürmek için silah, hançer mi olmalı?
Saçlar bağ, gözler silah, gülüş, kurşun olamaz mı?

Victor Hugo

Herkes, sevgisinin karşılık göreceğini bilmek ister.

Marlon Brando

İnsanların da yan etkileri var. Bazıları başını döndürürken, bazıları mideni bulandırabiliyor.

Nicanor Parra

Eğer kendi yalnızlığımızı kucaklayamazsak, inzivaya karşı kalkan olarak başka birini kullanırız.

Irvin D. Yalom

Hayatta yapılacak o kadar çok hata vardır ki, aynı hatayı yapmakta ısrar etmenin bir anlamı yoktur.

Sartre

Âşıklar günün birinde bir yerlerde tanışmazlar. Zaten en başından birliktedirler.

Rumi

Karanlıktan korkan bir çocuğu kolaylıkla affedebiliriz. Hayattaki gerçek trajedi yetişkinlerin aydınlıktan korkmasıdır.

Platon

İnsanların ilerleyebileceğiniz yönünde şüpheleri varsa, onları duyamayacağınız kadar uzağa gidin.

Michel Ruiz

Karanlığın ve aydınlığın her anı bir mucizedir!

Walt Whitman

Bir insanın bir insana verebileceği en güzel hediye, ona ayırabileceği zamandır.

Dale Carnegie

Sevmek seviyorum demek değil, yüreğinde hissetmektir... Ve aşk yanında olanı sevmek değil, bazen gelmeyecek birini beklemektir.

Can Yücel

İnsan, savaş gibi inanmadığı bir şey için acı çekeceğine, barış gibi inandığı bir dava uğruna ölse daha iyi değil mi?

Einstein

İnsan, geçmişin hasretçisi, geleceğin özlemcisi, yaşadığı anın şikâyetçisidir.

Bukowski

Kurtlarla arkadaş ol, yalnız elinden baltayı bırakma.

Rus Atasözü

Karşınızdakilere ancak içinizde var olan sevgiyi verebilirsiniz.

Elbert Hubbard

İnsanın iki türlü derdi vardır: çok karışık gerçekleri öğrenemez, çok basitlerini de unutur.

Rebeca West

Aşk, bir kişi ile geriye kalan herkes arasındaki farkın, çok fazla abartılmasıdır.

George Bernard Shaw

Kibirliyle dost olma: hâl bilmez, ahval bilmez, gönül bilmez; üzülürsün.

Şeyh Edebali

Gitmek unutmak değildir sen bunu çok iyi biliyorsun. Aklımda gözlerin varken, sen buna gitmek mi diyorsun?

Can Yücel

Tek kişilik miydi ki bu şehir, sen gidince bomboş kaldı.

Özdemir Asaf

Sizden farklı düşünen insanların savlarını da dinleyin. Yalnız dikkat edin, cümlenin içerisinde "düşünen" ibaresi var. Bu ayrımı iyi yapın.

İlber Ortaylı

Maya Angelou'dan Öğütler

• Birini sevmek, her şeyi riske atmaktır ve genelde buna değer.
"Bizi özgür bırakan tek şey aşktır."

• Kadınların birbirlerini her zaman desteklemesi gerekir.
"Bir kadın, ne zaman kendi sesini duyurmak için ayağa kalksa, planlamamış bile olsa, tüm kadınlar için de ayağa kalkmış olur."

• Başarının anahtarı çok basit: Keyif almak
"Başarı kendinizi sevmektir, işinizi sevmektir ve işinizi nasıl yaptığınızı sevmektir."

• Değiştirebileceklerinizi değiştirin ama kontrolünüz dışında olanları da kabul edin.
"Bir şeyi beğenmiyorsanız onu değiştirin. Eğer değiştiremezseniz kendi tutumunuzu değiştirin. Şikâyet etmeyin."

• İç sesinize ve içgüdülerinize güvenin.
"Kendinizi dinleyin. O sükûnet içinde Tanrı'nın sesini duyacaksınız."

• Affetmenin değerini bilin.
"Kendinize verebileceğiniz en güzel hediye affetmektir. Herkesi bağışlayın."

• Eğer kötü bir hayatınız varsa, ilişki veya iş, hemen ayrılın.
"Yeni bir yola koyulmak zordur ama bir kadını için için kemiren o durumda kalmaktan daha zor değildir."

• Gülümsemeyi hiçbir zaman ihmal etmeyin.
"Kadınlar sert ve hassas olmalıdır. Mümkün olduğunca gülmeli ve uzun bir ömür sürmelidir."
İnsanları nasıl hissettirdiğiniz, arkanızda bıraktığınız izinizdir.

• "Öğrendim ki, insanlar sizin ne söylediğinizi, ne yaptığınızı unutuyor. Ama onlara nasıl hissettirdiğinizi unutmuyor."

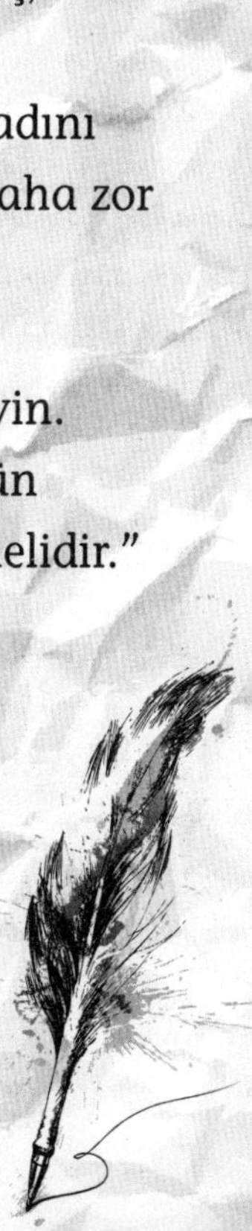

Aşk, karşılıklı geçip birbirlerinin
gözünün içine bakmak değil, el ele verip
ileride aynı noktaya bakmak ve yine el ele
o noktaya doğru ilerlemektir.

Antoine De Saint-Exupéry

Kendimizi üst seviyeye çıkarmanın emin
bir yolu, başka birinin üst seviyeye çıkmasına
yardımcı olmaktır.

Booker T. Washington

Herkes gibi günlük sevinçlerin,
heyecanların akışına kapılıp gidemez miyim?
Neden olaylar benim üzerimde silinmez izler
bırakıyor?

Oğuz Atay

Akıllı adam, akılsız adamın son yaptığını
ilk önce yapar.

Hint Atasözü

Beni mahveden şey; bana yalan söylemiş olman değil, sana bir daha inanmayacak olmamdır.

Victor Hugo

Acı veriyorsa geçmiş; geçmemiş demektir.

Murathan Mungan

Bir yerde küçük insanların büyük gölgeleri varsa, o yerde güneş batıyor demektir.

Konfüçyüs

Annelerde kırık parçaları yapıştıran sihirli bir tutkal vardır.

Pam Brown

Büyük başarıların sahipleri, küçük işleri titizlikle yapabilme sabrını gösteren kişilerdir.

Friedrich Schiller

Ne hasta bekler sabahı,
Ne taze ölüyü mezar.
Ne de şeytan, bir günahı,
Seni beklediğim kadar.

Geçti istemem gelmeni,
Yokluğunda buldum seni;
Bırak vehmimde gölgeni
Gelme, artık neye yarar?

Necip Fazıl Kısakürek

Sevgi paylaştıkça çoğalır. Birini ne kadar
çok severseniz sevin bunu göstermediğiniz sürece
bunun hiçbir anlamı yoktur.
Ama tam tersine yürekten sarf edilen sevgi
sözcükleri aşkın en büyük besin kaynağıdır.

Vefa Enver

Mesele çözümü göremiyor olmaları değil,
problemi göremiyor olmaları.

Patricia Fara

Kimlere meydan okumaz ki insan,
tek başına düşündüğü zaman...

La Fontaine

Suskunluk, başka fikirler için alan yaratır.

Janet Frame

Yalnızlık tek kelime, söylenişi ne kadar kolay...
Hâlbuki yaşanması o kadar zordur ki...

Goethe

Seveceksen, yalnız kaldığında aklına geleni değil, hiç aklından çıkmayanı seveceksin.

Can Yücel

Aşk ne zaman biter biliyor musun? Bitti dediğinde yüreğin acımıyorsa.

Bukowski

Seni diğerlerinden farksız yapmaya tüm gücüyle gece gündüz çalışan bir dünyada, kendin olarak kalabilmek, dünyanın en zor savaşını vermek demektir. Bu savaş başladı mı, artık hiç bitmez.

E. E. Cummings

Zevkten kanatları olan günler çabuk geçer.

Rabindranaht Tagore

En vefakâr dostumuz gölgemizdir. O da yoldaşlık etmek için güneşli havayı bekler.

Hegel

Karşına çıkan herkese güvenme ama onları yine de yargılama, işe yaramaz. Çünkü insanları yargılarsan; onları sevmeye zamanın kalmaz.

Victor Hugo

Takdir ediliyorsan değil, taklit ediliyorsan başarmışsın demektir.

Einstein

Yitirmeli ne varsa, başlamalı yeniden.

Gülten Akın

Bir kişiye gerektiğinden fazla değer verirsen, ya onu kaybedersin ya da kendini mahvedersin.

Samuel Beckett

Kimseye kendinizi sevdirmeye kalkmayın, yapılması gereken tek şey, sadece kendinizi sevilmeye bırakmaktır.

Platon

İfade edilmemiş duygular asla ölmez, sadece diri diri gömülür ve sonradan korkunç şekilde tezahür ederler.

Sigmund Freud

Başkalarının yanlışlıkları ve kötülükleriyle uğraşarak ruhunu karartma, düzeltilmesi gereken biricik insan kendinsin.

Ralph Waldo Emerson

Kudretimizin gücü, çocuklarımıza ve torunlarımıza olan sevgimizdir.

Barbara Weidner

Belirsizlik, en kötü ihtimalden daha acı vericidir.

Dostoyevski

Yalnızlığını kalabalıkla doldurmasını bilmeyen kişi, telaşlı bir kalabalık içinde yalnız olmasını da bilmez.

Charles Baudelaire

Yaşamdaki en büyük risk, hiçbir riske girmemektir... Gülmek, aptal gibi görünme riskini göze almaktır... Ağlamak, duygusal olarak nitelendirilme riskini göze almaktır... Duygularını açıklamak, gerçek kişiliğini gösterme riskini göze almaktır... Bir başkasına elini uzatmak, bağımlı olma riskini göze almaktır...

Düşünceleri ve düşleri bir topluluğa sunmak, saf yürekli olarak nitelendirilme riskini göze almaktır... Sevmek, karşılığında sevilmeme riskini göze almaktır... Yaşamak, ölme riskini göze almaktır... Umut etmek, umutsuzluğu denemek ve başarısızlık riskini göze almaktır.

Leo Buscaglia

Aşkı satın alamazsın ama bedelini ödersin.

Henry Youngman

Kimselere anlatamadım. Kendime bile...
Ola ki ağzımdan kaçırır, bir daha tutamam seni.

Nâzım Hikmet

Hıçkırarak ağlayan bir kadının gözyaşları, ağlatan adamın başına geleceklerinin altına atılacak imzadır.

Bukowski

Elimde olsaydı her karış toprağa, buğday eker gibi kitap ekerdim.

Horatius

Dikkatimiz ne denli dağınıksa, düşüncelerimiz o kadar sığlaşır; benzer biçimde düşüncelerimiz ne denli kısa süreliyse o kadar sıradanlaşabilir.

Daniel Goleman

Çocuklar yaralarını bir madalya gibi gösterirler. Sevgililer ise yaralarını verilecek kıymetli bir sır gibi kullanırlar. Yaralar, kelimelerin gerçeğe dönüşmesidir. Yaralar konuşur.

Leonard Cohen

Uzun konuşanı kısa dinlemek lazım.

Farabi

Gurur, insanın duygularını saklamasına yarar. Onları hissetmesine engel olmaz.

Agatha Christie

Yalnız kendi menfaatini gözeten dosta gönül bağlama. Fayda görmezse, sana düşman olur, ondan vazgeç.

Yusuf Has Hacib

Eski acılara taze gözyaşı dökmeyin...

Euripides

Hayat, nefes aldığımız anların toplamından değil, nefesimizi kesen anların toplamından oluşur.

Alex Hitch Hitchens

Emir vermek kadar kolay bir şey yoktur. Önemli olan, verilen emrin yerine getirilmesini sağlayabilmektir.

Napoleon Bonaparte

Özü doğru olanın, sözü de doğru olur.

Hz. Ali

İnsanların yaptıkları fenalıklar arkalarından yaşar, iyilikler çok zaman kemikleriyle beraber gömülür.

Shakespeare

Kim kazanmazsa bu dünyada ekmek parası, dostunun yüz karası, düşmanının maskarası...

Mehmet Akif Ersoy

Aşk başlamadan güzel,
Kalplerde heyecan
Bakışlarda korku olduğu zaman güzel...
Birbirimize sezdirmemek için çırpınış,
Başkaları görmesin diye çabalayış,
Gözlerim gözlerinin mavisine değdiği zaman...
Aşk başlamadan güzel...

Ümit Yaşar Oğuzcan

Güler yüzle söylenen yalanı bir anda yuttuğumuz hâlde, acı gerçeği ancak damla damla yutarız.

Diderot

Acıların en acısı kendi kendimize çektirdiğimizdir.

Sophokles

Açlık ne dost, ne akraba, ne insanlık ve ne de hak tanır.

Daniel Defoe

İnsanlar daha iyi görmek için değil, daha çok parlamak için ışığa yönelirler.

Nietzsche

Ey sevginin sırlarından habersiz yaşayanlar, bilin ki tüm varlığın baş kaynağı sevgidir, sevgi.

Ömer Hayyam

Bütün olmaya çalış! Olamıyorsan işe yarar bir parça ol ve bütüne katıl.

Friedrich Schiller

Hangi acı sevmenin verdiği acıdan daha asil, daha değerlidir?

George Sand

İçiniz kor gibi yanarken susmak acıların en beteridir.

F. Garcia Lorca

Eğer kalbin yanlış yollara sapıyorsa bil ki, yeryüzünde sana kalbinden başkası düşman değildir.

Firdevsi

Daha iyi, daha aydınlık bir yere varılacağına inanılmadan nasıl olur da bu yol yürünür?

Sabahattin Ali

Gabriel García Márquez'den Yaşama Dair Satırlar

Hiçbir zaman gülümsemekten vazgeçme, üzgün olduğunda bile! Gülümsemene kimin, ne zaman âşık olacağını bilemezsin.

Tüm dünya için sadece bir kişi olabilirsin fakat bazıları için sen bir dünyasın.

Zamanı, seninle birlikte geçirmeye hazır olmayan biriyle geçirme.

Belki de Tanrı doğru kişiyle karşılaşmadan önce yanlış kişilerle tanışmanı; onu tanıdığında ise minnettar olmanı istedi.

'Bitti' diye üzülme. 'Yaşandı' diye sevin.

Seni sen olduğun için değil, seninle birlikte olduğumda ben olduğum için seviyorum.

Hiç kimse gözyaşlarını hak etmez, onlara layık olan kişi ise seni ağlatmaz.

Sen istediğinde sana âşık olmaması, sana âşık olmadığı anlamına gelmez.

Gerçek arkadaş, elini tutan, kalbine dokunandır.

Ihlamurlar çiçek açtığı zaman
Ben güneş gibi gireceğim her dar kapıdan
Kimseye uğramam ben sana uğramadan
Kavlime sâdıkım, sâdıkım sana
Takvim sorup hudut çizdirme bana
Ben sana çiçeklerle geleceğim
-Ihlamurlar çiçek açtığı zaman.

Bahaeddin Karakoç

Elini göğsünün üzerine koydu.
"Sanki," dedi, "Bak tam şuramda, sol yanımda,
kalbimin altında bir yer eksik kalıyor.
Sonra bu kadarla kalmıyor, o eksiklik bütün ruhuma doluyor.
Ne yapsam eksilmiyor ne yapsam dolmuyor."

Nazan Bekiroğlu

Birisine yabancılaşmanın en kötü biçimi yanında oturuyor olup ona hiçbir zaman ulaşamayacağını bilmektir.

Her zaman seni üzecek birileri olacaktır, yapman gereken insanlara güvenmeye devam etmek, kime iki defa güveneceğine daha fazla dikkat etmektir.

Birini daha iyi tanımadan ve bu kişinin senin kim olduğunu bilmesinden önce, kendini iyi bir kişiye dönüştür ve kim olduğunu bildiğinden emin ol.

Kendini çok zorlama, en güzel şeyler onları en az beklediğinde olur.

Ceza kaldırılsa bile suç insanın içinde
sonsuza dek yaşar.

Ovidius

Cam kırıkları gibidir bazen kelimeler, ağzına
dolar insanın... Sussan acıtır, konuşsan kanatır...

Oğuz Atay

Her şey içinde karşıtının en azından tohumunu
barındırır: Kış yaza dönüşür; yukarıya çıkan
her şey aşağıya inmek zorundadır.
Tıpkı sıcak olmadan soğuğun,
aydınlık olmadan karanlığın olmayacağı gibi...

Adam Fawer

Sen kasırgalara dayanmışsın, rüzgârla mı
yıkılacaksın! Başka çaren yok yüreğim,
dosta düşmana karşı ayakta kalacaksın.

Can Yücel

Kalbinizin ısınmadığı insanlardan uzak durun.

Hz. Ömer

Tanrım, bana değiştiremeyeceğim şeyleri kabul etme gücü, değiştirebileceğim şeyleri değiştirme cesareti ve bu ikisi arasındaki farkı anlayabilme sağduyusu ver.

Marlo Morgan

Nazik insan, nezaketi nezaketsizden öğrenir.

Lord Halıfax

İnanın bana, yalnız kalmanın nasıl bir his olduğunu bilirim. Dünyadaki en kötü yalnızlık, yanlış anlaşılmaktan ötürü yalnız bırakılmaktır. İnsanın gerçekle bağlarını koparabilir.

Dan Brown

Nasıl ki bir noktadan sonsuz doğru çıkarsa, bir akıldan da sonsuz fikir çıkar. Bunların çoğu birbirine zıttır, hepsi menfaate bağlıdır.

Hekimoğlu İsmail

Unut ki, affetmek zorunda kalmayasın.

Eschenbach

Tanıdığım en güzel insanlar, yenilgiyi, acıyı, mücadeleyi ve kaybı yaşamış olan ve diplerden çıkış yolunu kendileri bulmuş romantik ve anarşist olan insanlardır.

Bu kişiler yaşama karşı geliştirdikleri kendine has takdir, direniş, duyarlılık ve anlayışla; şefkat, nezaket, bilgelik ve derin sevgiden kaynaklanan bir ilgi ve sorumlulukla doludurlar. Güzel insanlar öylece ortaya çıkmazlar; onlar oluşurlar...

Elisabeth Kubler Ross

Bir kadın her şeyi affeder,
yalnız reddedilmeyi affetmez.
Alfred de Musset

İnsan da ağaca benzer; ne kadar yükseğe
ve ışığa çıkmak isterse, o kadar yaman kök salar
yere, aşağılara, karanlığa, deliliğe, kötülüğe.
Nietzsche

Aşırı tevazunun da gurur gibi kendisine
mahsus tehlikeleri vardır.
Rousseau

Hayatta öğrenilmesi en zor şey,
geçilecek ve yakılacak köprüleri,
birbirinden ayırt edebilmektir.
David Russel

Arzularımız bizden, asıl istediğimiz şeyi bile
gizlerler.
Goethe

Haksızlık karşısında eğilmeyiniz, çünkü hakkınızla beraber şerefinizi de kaybedersiniz.

Hz. Ali

Kişinin gücü günün birinde tükenir ama bilgi yaşar. Bilginin ışığı kapalı gözlerden bile içeri sızar aydınlığa kavuşturur.

Şeyh Edebali

Gerçek savaş, asla kitaplardan içeriye adımını atamayacaktır.

Walt Whitman

Neden iki kulağımıza karşılık bir dilimiz var? Çok dinleyelim de az konuşalım diye.

Diyojen

İnsan ne kadar daha fazla şeyden utanırsa, o kadar şeref ve onur sahibi olur.

George Bernard Shaw

Annelik çocuğunuzun size ihtiyacı olduğu anda yanında olmaktır; kaç yaşında olduğunun ya da neye ihtiyacı olduğunun önemi yoktur.

Doris Pengilly

Bazen kırdım, çoğu kez kırıldım ama ben hiç kimseyi kaybetmedim. Sadece zamanı gelince vazgeçmesini bildim.

Can Yücel

Müziğin sesini duymayanlar,
dans edenleri deli sanıyor.

Nietzsche

Rızanız olmadıkça kimse sizi aşağılayamaz.

Elenor Roosewelt

Aydınlığı, içinde taşımaya bak. İşte, o zaman karanlıkta bile yolunu bulabilirsin.

W.Blake

ABRAHAM LINCOLN'DEN OĞLUNUN ÖĞRETMENİNE MEKTUP

Öğrenmesi gerekli biliyorum; tüm insanların dürüst ve adil olmadığını, fakat şunu da öğret ona: Her alçağa karşı bir kahraman, her bencil politikacıya karşı kendini adamış bir lider vardır. Her düşmana karşı bir dost olduğunu da öğret ona.

Zaman alacak biliyorum, fakat eğer öğretebilirsen, kazanılan bir doların, bulunan beş dolardan daha değerli olduğunu öğret. Kaybetmeyi öğrenmesini öğret ona ve kazanmaktan neşe duymayı. Kıskançlıktan uzaklara yönelt onu. Eğer yapabilirsen, sessiz kahkahaların gizemini öğret ona. Bırak erken öğrensin, zorbaların görünüşte galip olduklarını.

Eğer yapabilirsen ona kitapların mucizelerini öğret. Fakat ona; gökyüzündeki kuşların, güneşin yüzü önündeki arıların ve yemyeşil yamaçtaki çiçeklerin ebedi gizemini düşünebileceği zamanlar da tanı.

Okulda hata yapmanın, hile yapmaktan çok daha onurlu olduğunu öğret ona. Ona kendi fikirlerine inanmasını öğret, herkes ona yanlış olduğunu söylediğinde dahi.

Nazik insanlara karşı nazik, sert insanlara karşı sert olmasını öğret ona. Herkes birbirine takılmış bir yönde giderken, kitleleri izlemeyecek gücü vermeye çalış oğluma.

Tüm insanları dinlemesini öğret ona, fakat tüm dinlediklerini gerçeğin eleğinden geçirmesini ve sadece iyi olanları almasını da öğret. Eğer yapabilirsen üzüldüğünde bile nasıl gülümseyebileceğini öğret ona. Gözyaşlarında hiçbir utanç olmadığını öğret. Herkesin sadece kendi iyiliği için çalıştığına inananlara dudak bükmesini öğret ona ve aşırı ilgiye dikkat etmesini.

Ona, kuvvetini ve beynini en yüksek fiyata satmasını fakat hiçbir zaman kalbine ve ruhuna fiyat etiketi koymamasını öğret. Uluyan bir insan kalabalığına kulaklarını tıkamasını öğret ona ve eğer kendisinin haklı olduğuna inanıyorsa dimdik dikilip savaşmasını öğret. Ona nazik davran ama onu kucaklama.

Çünkü çeliği ancak ateş saflaştırır. Bırak sabırsız olacak kadar cesaretine sahip olsun, bırak cesur olacak kadar sabrı olsun. Ona her zaman kendisine karşı derin bir inanç taşımasını öğret. Böylece insanlığa karşı da derin bir inanç taşıyacaktır.

Bu, büyük bir taleptir çünkü ben oğlumun küçük bir insan olmasını istemiyorum.

Birkaç tane namuslu adam, birçoklarından daha iyidir.

O. Cromwell

Kötülük edebilmek elinde iken bütün ömrünü doğrulukla geçirmek; çok güç ve övmeye değer bir şeydir.

Eflatun

Bazı insanları her zaman, bütün insanları zaman zaman aldatabilirsiniz ama herkesi devamlı aldatamazsınız.

Abraham Lincoln

Gülümsemenin parasal değeri yoktur. Satın alınmaz, ödünç verilmez, dilenilmez, çalınmaz ama verilmedikçe hiç alınmaz.

Sait Faik Abasıyanık

Sırrını saklarsan ona hâkim olursun. Saklamazsan, o sana hâkim olur.

Hz. Ömer

Renklerin ustası olarak anılan büyük bir ressamın öğrencisi eğitimini tamamlamış. Büyük usta öğrencisini uğurlarken yaptığı resmi şehrin en kalabalık meydanına koymasını ve yanına da halktan beğenmedikleri yerlere çarpı koymalarını rica eden bir notla kırmızı bir kalem bırakmasını istemiş.

Öğrenci birkaç gün sonra resme bakmaya gittiğinde resmin çarpı işaretleriyle dopdolu olduğunu görmüş. Üzüntüyle ustasına gitmiş. Usta ressam öğrencisine, üzülmemesini ve resmi tekrardan yapmasını önermiş. Öğrenci resmi yeniden yapmış. Usta, yine resmi şehrin en kalabalık meydanına bırakmasını istemiş. Fakat bu kez resmin yanına bir palet dolusu çeşitli renklerde boya ile birkaç fırça koymasını ve insanlardan beğenmedikleri yerleri düzeltmelerini rica eden bir not bırakmasını önermiş. Öğrenci denileni yapmış. Birkaç gün sonra bakmış ki resmine hiç dokunulmamış. Sevinçle ustasına koşmuş.

Usta ressam, öğrencisine şöyle demiş: "İlkinde insanlara fırsat verildiğinde ne kadar acımasız bir eleştiri sağanağıyla karşılaşabileceğini gördün. Hayatında resim yapmamış insanlar dahi gelip senin resmini karaladı. İkincisinde onlardan yapıcı olmalarını istedin. Yapıcı olmak eğitim gerektirir. Hiç kimse bilmediği bir konuyu düzeltmeye cesaret edemedi. Emeğinin karşılığını, senin ne yaptığından haberi olmayan insanlardan alamazsın. Sakın emeğini bilmeyenlere sunma ve asla bilmeyenle tartışma."

Unutmak zaman ister demiştim, yanılmışım.
Zaman değil yürek istiyormuş.
O da sende kaldı...

Yılmaz Güney

Erdemli olanların söyleyecek sözleri vardır, ama söyleyecek sözleri olanların tümünde erdem yoktur. İnsancıl olanlar cesaretlidir, ama cesaretli olanların tümü insancıl değildir.

Konfüçyüs

İyiye giden yol, çok güç görünüyorsa da bulunabilecek bir yoldur.

B. Spinoza

Ağlamak, uğradığımız felaketlere karşı vücudumuzda kalan son kuvvetin bir feryadıdır.

Sami Paşazade Sezai

Geç gelen teselli, idamdan sonraki bağışlanmaya benzer.

Shakespeare

Yalnızlık, sizin size yokuşunuzdur.

Hasan Ali Toptaş

Keşke insanlar düşündükleri şeyleri dosdoğru söyleselerdi. Ne çok can sıkıntısından kurtulurlardı.

Virginia Woolf

Yeryüzünde barışı sağlayacak sihirli değnek analarla öğretmenlerin elindedir. Eğitim demek, vücutta ve ruhtaki güzelliği ve mükemmelliği son mertebesine kadar geliştirmek demektir.

Platon

İnsanlarda kötülük ararsanız, muhakkak bulursunuz.

Abraham Lincoln

Her insan kendi görüş alanının sınırlarını, dünyanın sınırları olarak algılar.

Arthur Shopenhauer

Kendi içimize bakmazsak, dışarıyı net bir şekilde görmeyi başaramayız.

Marlon Brando

"Güzel insan" aramak ile "insandaki güzelliği" aramak arasında derin bir fark vardır...

Farid Farjad

İyi insan olmak kolaydır, önemli olan adil olmaktır.

Victor Hugo

İnsanların ahlaklarını bozan zenginlik değil, zengin olma tutkusudur.

De Bonald

Hepimiz kendimize yabancıyız, kim olduğumuzla ilgili algılarımız ise yalnızca başkalarının gözlerinin içinde yaşadığımız kadarıyla var.

Paul Auster

Hiç kimse, affettiği zaman olduğu kadar yükselemez.

Goethe

Evlenmek, insanın haklarının yarıya düşmesi, görevlerinin iki katına çıkmasıdır.

Arthur Schopenhauer

Hayat yakından bakıldığında trajedi, uzaktan bakıldığında komedidir.

Charlie Chaplin

Çocuklarınızı kuzu gibi büyütmeyiniz ki, ileride kuzu gibi güdülmesinler.

Sâdi

Aşırı alçakgönüllülüğün de gurur gibi kendine has tehlikeleri vardır.

J. J. Rousseau

Güzel bir insan karakteri, binlerce etki altında yoğrulmuştur.

Samuel Smiles

Hakikati güneşe benzetirler; doğrudur. Gözlerimizi yaralar korkusu ile çoğuna bakamayız.

Cenap Şahabettin

Kendini beğenenler, başkasının tuzağına aptallar kadar kolay düşerler.

Florian

İnsanları harekete geçirmek için iki manivela vardır: Menfaat ve korku.

Napoleon Bonapart

Birçok kusurlarla dolu olmak, şüphesiz kötü şeydir fakat onları bilmezlikten gelmek daha kötüdür.

Pascal

Dostlarım, sevmek ve sevilmeye ne kadar şiddetle ihtiyacımız var, biliyor musunuz? Açlık sadece ekmeğe duyulan açlık değildir. Varlığınızın derinliklerinde duyulan bir açlık vardır. Sevgiye duyulan açlıktır bu ve nefes almak kadar gerekli bir ihtiyaçtır. Sevgi hem sizde hem bizde bulunması gereken bir şeydir. Ruhlarımızı beslemek için hepimiz ona sahip olmalıyız. Ona sahip olmalıyız, çünkü onsuz zayıflar, yok olur gideriz. Sevgisiz, kendimize olan güvenimiz zayıflar. Cesaretimiz kırılır. Dünyaya güven içinde bakamaz oluruz. Sevgisiz, kendi içimize kapanırız. Sevgisiz kalırsak kendi kendimizi yiyip bitiririz.

Sevgi ile yaratıcı oluruz. Sevgi ile yorulmadan ilerleriz. Sevgi ile sadece onunla başkaları için fedakârlık yapabiliriz.

Dan George

Hiçbir işte gerektiğinden çok acele etme, dikkatli olanlar kendilerini zor duruma girmekten korurlar.

Hz. Ali

Hiçbir şey kendiliğinden iyi ya da kötü değildir. Her şey onlar hakkında ne düşündüğümüze bağlıdır.

Shakespeare

Biz değişiriz aşk değişti sanırız, yiterken de böyleyizdir, yitince de...

Özdemir Asaf

Gerçekten seviyorsan hiçbir şeyi mazeret etmeyeceksin. Gerçekten seviyorsan eğer 'sonuna kadar' değil, 'sonsuza kadar' seveceksin.

Can Yücel

Aklınla gör, kalbinle işit.

Türk Atasözü

Bize yapılan haksızlıkla bizim yaptığımız
haksızlık, aynı terazide tartılmaz.

George Ade

Aptallar, akıllılardan pek az şey öğrenirler ama
akıllılar, aptallardan çok şey öğrenirler.

Cato

Karşına çıkan herkese güvenme ama onları
yine de yargılama, işe yaramaz.
Çünkü insanları yargılarsan, onları sevmeye
zamanın kalmaz.

Victor Hugo

Gönül almayı bilmeyene ömür emanet edilmez.

Mevlânâ

Yalnızlığı sevmeyen özgürlüğü de sevmez.
Kişi ancak yalnız olduğunda özgürdür çünkü.

Arthur Schopenhauer

Bir insanın zekâsı, vereceği cevaplardan değil, soracağı sorulardan anlaşılır.

De Levis

Herkes insanlığı değiştirmeyi düşünür ama hiç kimse önce kendini değiştirmeyi düşünemez.

Tolstoy

Demek ki hayat, böyle iki adım ilerisi bile görülmeyen, sisli ve yalpalı bir denizdi…

Sabahattin Ali

Seninle aynı fikirde olmadıklarını söyleyenlerden korkma, seninle aynı fikirde olmayıp da bunu söyleyecek cesareti olmayanlardan kork.

Napoleon Bonaparte

İyi düşünce yetmez, hüner iyi düşünceyi de iyi kullanmaktır.

Descartes

Ey sol yanıma düşen ince sızım,
Öyle tepkisiz kalma.
Yaktığın yürektir,
Çıra değil...

Nâzım Hikmet Ran

Aşkın öncesi yoktur. Ötesi mi? O hiç yoktur.
Özdemir Asaf

Akıl farklı şeylerin benzer yanlarını ve benzer şeylerin farklı yanlarını bilmekle oluşur.
Goethe

Kimse görmek istemeyenler kadar kör değildir.
İbn-i Sina

Araya menfaatlerimiz girmeyince hadiseleri elbette başka türlü, daha realist bir gözle görmeye, hakikaten daha uygun şekilde anlamaya ve yorumlamaya başlarız.
Ahmet Hamdi Tanpınar

Hayat, siz başka planlar yaparak meşgul olduğunuz sırada size olan şeydir.
John Lennon

Uğrunda savaşmak için insanlara fırsat
verilmeyen her fikir ölmeye mahkûmdur.
Thomas Mann

Kötülük edebilmek ellerinde iken,
bütün ömrünü doğrulukla geçirmek çok güç
ve övgüye değer bir şeydir.
Eflatun

Hayatta unutamayacağımız en büyük pişmanlık,
pişman olurum diye yapmadıklarımızdır.
Tolstoy

Bir insanı herhangi biri kırabilir ama bir tek
en çok sevdiği acıtabilirmiş. Çok acıttığında
anladım.
Can Yücel

Birinden iyilik gören kimse bu iyiliği hiç
unutmamalıdır, birisine iyilik yapan ise yaptığı
iyiliği hiç hatırlamamalıdır.
Charron

BAŞARISIZ BİR ADAMIN ÖYKÜSÜ

Bu adam,
21 yaşında işinde başarısız olmuş,
22 yaşında bir yasama seçimini kaybetmiş,
24 yaşında tekrar işinde başarısız olmuş,
26 yaşında karısı vefat etmiş,
27 yaşında ruhsal bunalıma girmiş,
34 yaşında kongre seçimlerini kaybetmiş,
36 yaşında tekrar kongre seçimlerini kaybetmiş,
45 yaşında senato seçimlerini kaybetmiş,
47 yaşında başkan yardımcısı seçimlerini
kaybetmiş,

49 yaşında tekrar senato seçimlerini kaybetmiş,
52 yaşında Amerika Birleşik Devletleri'ne
başkan seçilmiş kişidir ve adı da Abraham
Lincoln'dür. Eğer o, bu olayları başarısızlık olarak
nitelendirseydi, acaba başkan olabilir miydi?
Mümkün değil.

İnsan ulaşamadığı her şeyin delisi,
ulaştığı her şeyin nankörüdür...
Pablo Neruda

Doğruyu söylemek değil anlatmak güçtür.
Cenap Şahabettin

Sözün en güzeli, söyleyenin doğru
olarak söylediği, dinleyenin de
yararlandığı sözdür.
Aristoteles

Sen sevdiğin için sakın utanma,
bil ki utanması gereken; sevildiğini
bildiği hâlde sevmesini bilmeyendir aslında.
Anton Çehov

Gönül han değil, dergâhtır.
Öyle paldır küldür girilip çıkılmaz, günahtır.
Mevlânâ

Kendinle barışana kadar, sahip olduğun şeyler sana hoşnutluk vermeyecektir.

Doris Mortman

Birisini unutmak zorundaysanız, bunu sindire sindire yapın. Çünkü aklın zamansız öldürdükleri, yürekte amansız dirilir.

Paul Auster

Sokakta giderken, kendi kendime gülümsediğimin farkına vardığım zaman, beni deli zannedeceklerini düşünüp gülümsüyorum.

Orhan Veli

Yağmur altında, gülen ile ağlayan pek anlaşılmaz.

Cenap Şahabettin

Geleceği merak etme, nasıl olsa gelecek. Ama geçecek olanı iyi düşün, çünkü aklından silinmeyecek.

Balzac

Mükemmeliyeti boşver. Her şey kusurludur.
Her şeyin üzerinde çatlaklar vardır.
Işık da bu çatlaklar ve kusurlar sayesinde görünür.

Leonard Cohen

Yumurta dıştan bir güçle kırılırsa yaşam son bulur, içten bir güçle kırılırsa yaşam başlar.
Zira sahih dönüşümler hep içten gelir.

İbn Rüşd

Ve gurur kaybedenlerin, acizlerin maskesiymiş.
Sevgi dolu yüreklerin gururu olmazmış,
yüreğimde sevgi bulduğumda anladım.

Can Yücel

Ağzınızdan çıkanlara daima dikkat edin.
Çünkü bir sözü unutmak bir yüzü unutmaktan çok daha uzun zaman alır.

Louis Aragon

Yaşlı bir adam sabah erken evinden çıkmış. Yolda ilerlerken bir bisikletlinin kendisine çarpmasıyla yere yuvarlanmış ve hafif yaralanmış. Sokaktan geçenler yaşlı adamı hemen en yakın sağlık birimine ulaştırmışlar.

Hemşireler, adamcağızın yarasına pansuman yapmışlar ama biraz beklemesini ve röntgen çekerek herhangi bir kırık veya çatlak olup olmadığını inceleyeceklerini söylemişler.

Yaşlı adam huzursuz olmuş ve acelesi olduğunu, röntgen için bekleyemeyeceğini söylemiş. Hemşireler merakla acelesinin nedenini sormuş. Adamcağız da, "Karım huzurevinde kalıyor, her sabah onunla kahvaltı etmeye giderim, geç kalmak istemiyorum," demiş.

"Karınızın, siz gecikince merak edeceğini düşünüyorsunuz herhâlde," demiş hemşire. Adam üzgün bir ifadeyle, "Ne yazık ki karım Alzheimer hastası ve benim kim olduğumu bilmiyor," demiş. Hemşireler hayretle, "Madem sizin kim olduğunuzu bilmiyor, neden her gün onunla kahvaltı yapmak için koşuşturuyorsunuz?" demişler. Adam buruk bir sesle, "Ama ben onun kim olduğunu biliyorum," demiş.

Bir çocuğun küçüklüğünde aldığı ilk intibalar, bütün ömrünce devam eder.

Heinrich Schlimann

Eğer bitmiş bir şey sana acı veriyorsa, duyduğun acı o şeyin kendisinden değil; verdiğin değerin ona değmemesindendir.

William Golding

Yeryüzünde günışığına layık olmayan nice insan var ama güneş her gün doğar.

Seneca

İnsan, sahip olmadıklarına ulaşmak için çabalarken, sahip olduklarını unuttuğu için mutsuzdur.

Shakespeare

Gözlerinle değil, yüreğinle hüküm ver.

Kızılderili Atasözü

Başkalarının kişiliğini konuşurken, kendi kişiliğini de ortaya koyarsın.

Jean Paul Richter

Gitmek sadece bir eylemdir, unutmaksa koca bir devrim.

Nâzım Hikmet

İyileşmek sadece belli alışkanlıkları bir yana bırakmak değil, onları yeniden kazanacak yolu da unutmak anlamına geliyordu.

Gonçalo M. Tavares

Aşk yolunun garip yokuşları ve inişleri vardır. Çıkarken baş döner, inerken gönül bulanır.

Cenap Şahabettin

Dünyayı değiştirenler ancak bunu yapabileceklerini düşünecek kadar çılgın olan insanlardır.

Steve Jobs

Her şeyden
biraz kalır diyor birileri,
çoğulluk haklılıktır.
Kavanozda biraz kahve,
Kutuda biraz ekmek,
İnsanda biraz acı.

Turgut Uyar

Eğer hayatınızdaki herhangi bir olayı hata olarak kabul ederseniz, aynı olayı tekrar tekrar kendinize çekmiş olursunuz... Ta ki olaya bakıp: "Ben bu olaydan ne öğrendim?" deyinceye kadar... Ancak ondan öğrendiğiniz şeyi hazmettiğiniz zaman hatanızdan kurtulabilirsiniz. Kabul ettiğiniz an, o sizi terk edecektir...

Ramtha

Bazı insanların bazı şeylere hiç hakkı yoktu...
Ne var ki, insanlar da en çok, bu hiç hakkı
olmayan şeyleri yapıyorlardı.
Oğuz Atay

Korkularınızın inancınızdan büyük olmasına
izin verirseniz düşleriniz gerçekleşmez.
Mary Manin Morrissey

Dur, dinle. Hep konuşursan hiçbir şey
duyamazsın.
Kızılderili Atasözü

Hiç kimse gözyaşlarını hak etmez, onlara layık
olan kişi ise zaten seni ağlatmaz.
Gabriel García Márquez

Bana hatırlama sanatını değil, unutma
sanatını öğret; çünkü ben hatırlamak
istediklerimi hatırlıyor, unutmak istediklerimi
unutamıyorum.
Themistocles

Hayatımda iki büyük kaza geçirdim: biri Diego'ydu ve diğerinde ise bir tren az daha beni öldürüyordu. Diego kesinlikle çok daha yıkıcıydı.

Frida Kahlo

Kimsenin umudunu kırma. Belki de sahip olduğu tek şey odur.

J. Christophe

Hayatın ihtiyarlık çağında olduğu gibi aşkın da ihtiyarlığında artık zevkler için yaşanmaz, acılar için yaşanır.

La Rochefoucauld

Çoğu insan bugünü yaşamaz. Gelecek onları yiyip bitirir. Oysa geleceği yaratan bugünü nasıl yaşadığımızdır. Her gün yeni bir hayat için fırsattır çünkü her gün hayatınızın dönüm noktasında durursunuz.

Rhonda Byrne

İnsanlar fırsatların gelmesini bekler,
Fırsatlar da insanların...
Fırsatlar bekler, insanlar bekler;
Kazanan hep mazeret olur...

Paulo Coelho

Eğer bir kişi yalnız olmayı beceremiyorsa, başkalarıyla bir arada olmayı da becermez.

Michel Foucault

Sonuçları değil, başlangıçları değiştirmek gerekir.

Alain Badiou

İnsan iki ruhludur içinde bir iyi köpek bir de kötü köpek kavga eder. Hangisini daha çok beslersen o kazanır.

Kızılderili Atasözleri

Bulutlarda olan çarpışma, sağır biri tarafından sadece yıldırım, kör biri tarafında ise sadece gök gürültüsü olarak algılanır.

George Santayana

Hepimiz başkalarını kendi yüreğimizde taşıdığımız biçimde görürüz.

Ralph Waldo Emerson

Evliliğin başarısı, aynı kişiye birçok kez âşık olmakta gizlidir.

Mignon Mclughlin

Toprak gibi olmalısın. Ezildikçe sertleşmelisin! Seni ezenler sana muhtaç kalmalı! Hayatı sende bulmalı.

Can Yücel

Çocuklarımıza vermeyi umabileceğimiz iki kalıcı miras vardır: Biri kökleridir, öbürü de kanatları...

Hodding Carter

Kopan bir ipe düğüm attığınızda, ipin en sağlam yeri o düğüm olur. Ama ipe her dokunuşunuzda canınızı acıtan yer o düğümdür.

Friedrich Hegel

Karakteriniz, başkaları sizi ne sanıyorsa odur.

John Wooden

Sadece fazla ileri gitme riskini göze alanlar ne kadar ileri gidebileceğini öğrenir.

T.S. Eliot

Dostun üzüntüsüne acı duyabilirsin. Bu kolaydır ama dostun başarısına sempati duyabilmek, sağlam bir karakter gerektirir.

Oscar Wilde

İnsan ya acılarını unutmasını ya da kendi mezarını kazmasını bilmeli.

Balzac

Kimseyi kırmayayım diyorum, bir de bakıyorum kendim paramparçayım!

İlhan Berk

Hafif acılar konuşabilir ama derin acılar dilsizdir.

Seneca

Böyle bir mutluluk karşısında nefesi kesilecekti. Her şeyi anlatacaktı ona. Bu kızıl elmayı tam ısıracağı zaman onu nasıl hatırladığını, nasıl onu düşünmeden edemediğini, hayatta karşılaşacağı iyi ve güzel olan her şeyi onunla paylaşmak, hep onun yanında olmak istediğini, onun da kendisiyle sevinmesini, çünkü iyi ve güzel olanın tadına ancak o yanında olursa varabileceğini...

Cengiz Aytmatov

Yara en çok avucunun içindeyse sana aittir!
Sıkarsın avucunu, canın yanar ama senden
başka kimse bilmez neden acıdığını.

Jean Christophe Rufin

Tek başına olan bugün yola çıkabilir ama
bir başkasıyla seyahat edecek olan diğeri
hazır olana kadar beklemek zorundadır
ve ikisinin de hazır olması çok uzun zaman
alabilir.

Henry David Thoreau

Çok sahiplenmeden seveceksin mesela.
Hem her an avuçlarından kayıp gidecekmiş gibi,
hem de hep senin kalacakmış gibi.

Can Yücel

Çocuk kafasının içi bilgiyle doldurulacak
bir kap değildir, istediğince açmasına
yardım edilecek bir çiçektir.

Noam Chomsky

Evren ahlak üzerine kuruludur.
Ahlak olmasa, evren mahvolur.
Elementlerin içinde bile bir doğruluk dürüstlük vardır. Ahlakı yok edin, evrensel çekimi yok etmiş olursunuz.

Jack London

Bazı geceler zaman, bir yerlerde takılıp kalır. Bazı şarkılar sadece böyle zamanda dinleyelim diye vardır...

Ali Lidar

Bazı insanlar olmasını ister, bazıları olmasını bekler, bazıları ise oldurur.

Michael Jordan

Menfaat karşılığı yapılan iyilik, iyilik değildir. İyilik, sebep ve netice zincirinin dışındadır. Mutluluğu ihtiraslarda değil kendi yüreğinizde arayın. Mutluluğun kaynağı dışımızda değil içimizdedir.

Tolstoy

HER ŞEYİN DAHA İYİYE GİTMESİ İÇİN:

- Mucizelere inanın ama asla onlara bel bağlamayın.
- Durum ne olursa olsun, nezaketin size zarar vermeyeceğini unutmayın.
- Bir geziden döndüğünüz gün harcamalarınızın listesini yapın.
- Küçük şeyleri iyi yapmaktan dolayı mutlu olmasını bilin.
- Her yıl, çocuklarınızın okula başladığı ilk gün onların fotoğrafını çekin.
- Bir arkadaşınız hakkında iyi bir söz duyduğunuzda bunu ona iletin.
- Doğru olduğunu bildiğiniz şeyi yapmaktan asla çekinmeyin.
- Dikkat çekmek için iş yapmayın, dikkat çekecek iş yapın.
- Çocuklarınızı, kardeşleri ya da sınıf arkadaşlarıyla kıyaslamayın.

- Sivil toplum örgütlerine katılın.
- Büyük zarar getirmeyecekse, bırakın çocuklarınız bildikleri gibi yapsın. Çünkü yaptıkları hatalardan, başkalarından öğrendiklerinden daha fazlasını öğreneceklerdir.
- Her başarının bir bedeli olduğunu asla unutmayın.
- Çocuklarınızın önünde eşinize kötü bir söz söylemeyin.
- Çocuklarınız çoktan uyumuş olsalar bile onlara iyi geceler öpücüğü verin.
- Can sıkıntısını egzersiz yaparak dağıtmaya çalışın.
- Boğaza takılan bir şeyi çıkarma yöntemlerini öğrenin.
- Yolculuk ederken cüzdan, otomobil anahtarı, gözlük ve ayakkabılarınızı yakınınızda bulundurun.
- Eleştirmekle geçirdiğiniz zamanın iki katını övmeye ayırın.

- Çocuklarınıza engelli bir kişiyi asla küçümsemememeyi öğretin.
- Gazetenin ekonomi sayfasını düzenli bir biçimde okuyun.
- Yolculukta temel gereksinimlerinizin listesini yapın ve bavulunuzda tutun.
- Çocuklarınızın televizyon izleme süresini ve programlarını sınırlayın.
- Zarafeti modaya yeğleyin.
- Kendinizi geliştirme konusunda her bulduğunuz fırsatı değerlendirin.
- Kızınıza ya da oğlunuza da yemek yapmasını öğretin.
- Her terslikte saklı olabilecek iyi fırsatı arayın.
- Eve bir eşya alırken, deneyim kazanmaları için çocuklarınızı da yanınızda götürün.
- Evde yapılan börek ya da kurabiyeleri iş yerine de götürün.
- Deneyimli insanları asla dikkate almamazlık etmeyin.

- Yolunuza çıkan aksiliklerin, sizi amaçlarınızdan alıkoymasına izin vermeyin.
- Her gün mutlaka olumlu bir şey söyleyin.
- En sevdiğiniz sözü yazın ve görebileceğiniz bir yere asın.

Hayaller, hayalleri yaratır.
Onlardaki gerçekliği yakalayın.
Candis Fancher

Ruhun kapıları, her zaman olağanüstü deneyimleri içeri alacak biçimde aralık olmalı.
Emily Dickinson

Aşk, kalbimizin saygısız misafiridir. Bize sormadan gelir bize sormadan gider.
Cenap Şahabettin

Ne ile yaralandık ise, onunla tedavi olmalıyız.
Turgenyev

Gelişiminizi ölçmen en iyi yolu, sıkıştığınız durumlardan özgürlüğünüze ne kadar çabuk geçebildiğinize ve özgür olmak için kaç tane yol bildiğinize bakmaktır.
Kathlyn Hendricks

Gününü faydalı bir şekilde geçiren insan için,
asıl mutluluk akşam vaktinde gelir.

Pierre Corneille

Bir derdin dermanı, başka bir derde zehir olabilir. Bir derman, haddinden geçerse dert getirir.

Bediüzzaman Said Nursi

Aşk, algı kapılarını açıp mantıklı düşüncenin üzerini örten bir uyaran değil mi... Acı gibi!

İclal Aydın

İyi bir şeyle karşılaştığın zaman, yapman gereken ilk şey bulabildiğin insanla onu paylaşmaktır; bu şekilde iyilik öyle bir yayılır ki nereye gittiğini bilemezsiniz.

Forrest Carter

Yalnızlık onca saçın arasında beyaz bir saç teli gibi. Çektikçe çoğalıyor, çoğaldıkça arsızlaşıyor.

Elif Şafak

Aletlerin en faydalısı kalemdir. Bir şişe mürekkep bir külçe altından hayırlıdır.

İbni Sina

Öyle horozlar vardır ki öttükleri için sabahın olduğunu sanırlar.

G. Dumant

Avcı nice tuzak, hile bilirse, ayı da onca yol bilir.

Kaşgarlı Mahmut

Bazen sessiz kalmak, kırıldığını göstermenin en iyi yoludur.

Tomris Uyar

Risk alıp başarısızlığa uğramanın, hiç risk almamaktan çok daha iyi olduğunu öğrendim.

Robin Sharma

Savaşın iyisi, barışın kötüsü yoktur.

Benjamin Franklin

Geçmişte yaşadıklarım bana şunu öğretti: Hepimiz bu dünyaya, hayatımızı en iyi şekilde yaşamak için geliyoruz ve inanın bana, hayat saklanarak, umutsuzluklarla, pişmanlıklarla harcanamayacak kadar kısa. Dertler ve sıkıntılarla boğuşurken her gün, bir öncekinin aynısı gibi görünmeye başlıyor. Oysaki her yeni gün kendi mucizelerini de beraberinde getiriyor. Hem de en beklenmedik anlarda...

Debbie Macomber

Doğru söze yalan karıştırmak, altına başka madenleri karıştırmaya benzer. Dayanıklılığı artarken değeri düşer.

Bacon

Kelimelerin kudretini anlamadan insanların gücünü anlayamazsınız.

Konfüçyüs

Yurdu savunmanın en ucuz yolu eğitimdir.

Burke

En basit şey insanın kendisini aldatmasıdır çünkü insan istediği şeyin genellikle gerçek olduğuna inanır.

Demosthenes

Uçmasını bilmiyorsan uçurumun kenarında yuva yapma.

Nietzsche

Bir erkeğin evi, dışarıdan onun kalesi gibi görünebilir; oysa içeriden daha çok çocuk odasına benzer.

Clare Boothe Luce

Mal cimrilerde, silah korkaklarda, karar da zayıflarda olursa işler bozulur.

Hz. Ebubekir

Asla geçmişte yaşama ama daima geçmişten ders al.

Mevlânâ

Dünyada yapılacak en büyük iyilik, korku içinde yaşayan bir insanın güvenliğini sağlamaktır.

Beydeba

İyi bir başlangıç, yarı yarıya başarı demektir.

Andre Gide

Kendini tanımak bilgeliğin başlangıcıdır. Evrenin sırrı kendini tanımada yatar. Bu kendiniz dışında, hiç kimsenin size veremeyeceği bir eğitimdir ve güzelliği de buradadır. Kesintisiz bir dikkat ve sürekli sorgulayan bir zihin gerektirir. Gözlemleyerek, mücadele ederek, mutlu olarak ve hüzünlenerek öğrenmek zorundasınız.

Jiddu Krishnamurti

Bir şeye özen göstermeniz gerektiğinde,
daha çok onun ne tür bir özene ihtiyacı
olduğuna bakmalısınız.

Dorothy Parker

Elinizden gelenin en iyisini yapıyorsanız,
gerisini boşvermeli. Böyle düşününce kendim de
dâhil herkesi affedebiliyorum.

Marlon Brando

İnsanların kendi duyguları kadar yanıldıkları
bir şey yoktur.

Jane Austen

Eğer çocuklarınızın gelişmesini istiyorsanız,
haklarında başkalarına söylediğiniz iyi şeyleri
onların da işitmelerini sağlayınız.

Haim Jinott

Başarı için kendi kararlılığın, diğer her şeyden
daha önemlidir.

Abraham Lincoln

Olgunlaşmak; kalbin daha hassas, kanın daha sıcak, zekânın daha işlek, ruhun daha huzurlu olması demek.

Cemil Meriç

Güzelliği bulmak için tüm dünyayı dolaşsak da onu içimizde taşımıyorsak asla bulamayız.

Ralph Waldo Emerson

Kendimi her zaman mutlu hissederim. Neden biliyor musunuz? Çünkü kimseden bir şey ummam. Beklentiler daima yaralar.

Shakespeare

Herkes herkesi aynı sevemez dostlarım... Kimileri gururunun yettiği kadar sever, kimileri de ömrünün yettiği kadar.

Bukowski

Yapılmış şeyler üzerine konuşmak gereksizdir. Geçmiş şeyleri ayıplamak da faydasızdır.

James Howell

En çok hoşumuza giden insan, kendimize
benzettiğimiz insandır.
Moliere

Bir kalp ki onun sevmesi aldanması yok,
tutkunluğu yok, bir güzele yanması yok...
Bin kez yazık olsun sevisiz yüreğe,
aşksız geçecek günlerin faydası yok...
Ömer Hayyam

Paylaşılacak dostlarınız yoksa iyi şeylere sahip
olmanın bir zevki de yoktur.
Seneca

Hepimiz kahkahalarımızı gözyaşlarımızla
ödüyoruz.
Peyami Safa

Yanlışı gören ve önlemek için eli uzatmayan,
yanlışı yapan kadar suçludur.
Kızılderili Atasözü

Yaşam, bize bütün kitapların öğrettiğinden daha çoğunu öğretir çünkü yaşam bize karşı direnir. İnsan, ancak engellerle karşılaşıp onları aşmaya çalıştıkça, kendini tanıyabilir.

Antoine de Saint-Exupéry

Yeni duygular için can atarız ama sonra onlara ilgisiz oluruz. Dünün harikaları bugünün sıradan olayları hâline gelir.

Nikola Tesla

Yanımda kimse olmadığından değil yalnızlığım, yalnız olduğumu söyleyebileceğim kimse olmadığı için yalnızım ben.

Ahmet Altan

Benim için sevmek bir başka insanın vücudundan, ruhundan bir parça hükmüne girmek, onunla beraber gülüp ağlamak, ıstıraplarını paylaşmak demekti.

Reşat Nuri Güntekin

Sevilmek istiyorsan önce sevmeyi bileceksin,
Uçmayı biliyorsan düşmeyi de bileceksin,
Korkarak yaşıyorsan yalnızca hayatı seyredeceksin.
Öyle hayat yaşadım ki son yolculukları
erken tanıdım.
Öyle değerliymiş ki zaman hep acele etmem
bundan anladım.

Nietszche

Bir şeyi bildiğin zaman, onu bildiğini göstermeye çalış. Bir şeyi bilmiyorsan, onu bilmediğini kabul et. İşte bu bilgidir.

Konfüçyüs

İnsandaki çocuk vicdanı, tohumdaki öz gibidir ve o öz olmadan tohum filizlenmez, gelişmez. Yeryüzünde bizi ne beklerse beklesin, insanoğlu doğdukça ve öldükçe, insanoğlu yaşadıkça, hak ve doğruluk denen şey de var olacaktır.

Cengiz Aytmatov

Hayat merdivenlerini çıkarken, insanlara iyi davranalım. Çünkü inerken gene aynı insanlara rastlayacağız.

Cenap Şahabettin

Tam anlamıyla mutlu olmak için gereken tek şey, içinde bulunduğumuz anı, geçmişteki diğer anlarla karşılaştırmaktan vazgeçmektir.

André Gide

Günde bir defa olsun gülmeli ve neşeli olmalıyız. Sevinci öğrenirsek, başkalarına acı vermeyi de unuturuz.

Nietzsche

Yüz dilde seni seviyorum desen ne fayda? Bir dilde adam gibi sevmedikten sonra...

Turgut Uyar

Bitkinin güzelliği tohumun iyiliğinden, insanın güzelliği ise, kalbinden gelir.

Mevlânâ

Sevgili dediğin koluna değil, yüreğine yakışmalı. Ve öyle gelip geçici bir heves değil, sonsuza dek nefesin olmalı!

Can Yücel

Mutluluğu tatmanın yegâne çaresi onu paylaşmaktır, çünkü mutluluk ikiz doğar.

Lord Byron

Bu hayatta zamanınız sınırlı. O sınırlı zamanı, başkasının yaşamını yaşayarak harcamayın. Başka kişilerin düşünceleriyle yaşanan yaşam, dogmaların tuzağına düşmek demektir.

Steve Jobs

Evlat denen şeyin ne olduğunu anlamak için insanın ölüm döşeğine yatması lazım.

Balzac

Sonuçta herkes görmek istediğini görür, herkesin algı kabı kendi gönlü kadar büyüktür.

Buket Uzuner

Pişman değilim! Sadece dön bak arkana; ne için, nelerden vazgeçtin? Neler dururken, sen neyi seçtin?

Nâzım Hikmet

Asla aşk acısı çeken birine âşık olmayın. O kişi yaralıdır ve yara bandı olarak sizi kullanır.

Pablo Neruda

"Evine bağlı, evinde olmayı seven bir adam.
'Akşamları eve biraz geç gel yahu bir erkek hiç dolaşmaz mı?' dedim.
Ertesi gün altıyı çeyrek geçe geldi.
Sonraki gün altı buçuk. Normalde altıda gelirdi.
Bir gün toz aldım bezi silkelemek için pencereden eğildim ki kapının önünde oturmuş saatin dolmasını bekliyor."

Tomris Uyar, Cemal Süreya için.

Yaşam üzerine fazla geldiği zaman onu zorlama,
Biraz duraksa...
Neler olup bittiğine anlam verme!
Mutlaka yanlış bir şey oldu…
Düşüncelerin ile dileklerin aynı orantıda değildi,
Ve varlığın ile buluşamadı.
Sorun yok, sadece bekle...
Güneş doğacaktır.
Rüzgâr esecek ve yağmur yağacaktır.
Zorlamaya gerek yoktur, olması gereken
kendiliğinden olur!
İzlemeye devam et...
Şahitlik güzeldir, hem olayın dışındasındır hem de
içinde.
Zorlamaya gerek yoktur, olması gereken
kendiliğinden olur...
Hayat üç buçukla dört arasındadır.
Ya üç buçuk atarsın, ya da dört dörtlük yaşarsın.

Neyzen Tevfik

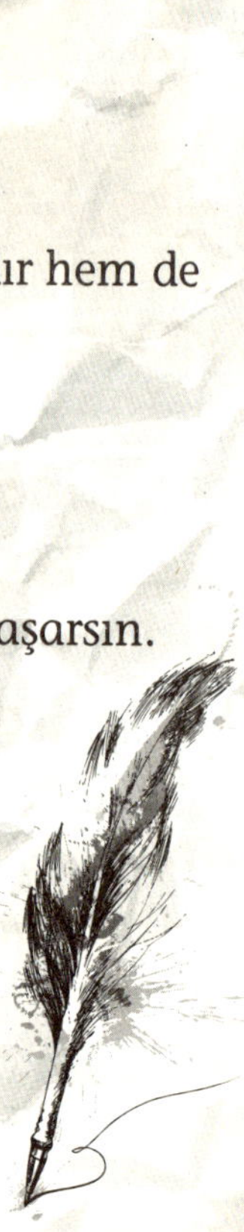

Aşk: iki insanın bilinçlerini birleştirme çabasıdır.
Boşuna bir çaba, çünkü insan kendi bilincine
mahkûmdur.

Jean Paul Sartre

Yalnızlık Allah'a mahsus, her canlı bir eş arar.
Taşın kalbi yok ama onu bile yosun sarar.

Mevlânâ

Dünyada bir tane dahi çocuk mutsuz olduğu
sürece, büyük icatlar ve ilerlemeler hiçtir.

Einstein

Yanlış yoldan gitmenin birden çok yolu vardır.
Ama doğruyu yapmanın tek bir yolu bulunur.
Yanlış yapmak bu yüzden kolay, doğruyu
bulmak ise bu yüzden zordur.

Aristoteles

Görmek kolay, önceden görmek zordur.

Benjamin Franklin

Yavaşla ve yaşamdan zevk al.
Hızlı giderek yalnızca manzarayı kaçırmıyorsun,
nereye ve neden gittiğin duyusunu da
yitiriyorsun.

Eddie Cantor

Yanlış yapma fırsatı günde bin kez bulunur,
iyilik yapma fırsatı yılda bir kez gelir,
onun için bu fırsat kaçırılmamalıdır.

Voltaire

Hayatı yaşamanın iki yolu vardır:
Biri hiçbir şeyin mucize olmadığını düşünmek,
diğeri her şeyin mucize olduğunu düşünmektir.

Einstein

Güldürmek mesele değil ki,
onu soytarılar da yapar...
Gözlerinin içini güldürebiliyor musun,
sen ondan haber ver.

Charlie Chaplin

Kitapları seviniz, onlar yaşamınızı daha çekici bir hâle sokacak, size dostça hizmet ederek düşüncelerin, duyguların ve olguların dolaşık ve gürültülü karmaşasında, yolunuzu bulmanıza yardım edecek, kendinize ve başkalarına saygı duymayı öğretecek, yüreği ve aklı dünya ve insanlık sevgisiyle dolduracaktır.

Maksim Gorki

Bir adama bir kitap sattığın zaman, ona yalnız yarım kilo kâğıt, mürekkep ve tutkal satmış olmazsın, ona tamamıyla yeni bir yaşam satmış olursun. Sevgi, dostluk, mizah ve geceleyin denizde dolaşan gemiler, eğer o kitap gerçekten benim anladığım anlamda bir kitapsa, onun içinde bütün gökler ve yer vardır.

Christopher Morley

Ağlamaktan korkma! Zihindeki ızdırap veren düşünceler gözyaşı ile temizlenir.

Kızılderili Atasözü

Kötülük yaptın mı kork, çünkü o bir tohumdur.
Allah yeşertir karşına çıkartır.

Mevlânâ

Bize çiçekleri sevdiğini söyleyen bir kadının, çiçekleri sulamayı unuttuğunu görürsek, onun çiçek 'sevgisi'ne inanmayız.
Sevgi, sevdiğimiz şeyin büyümesi ve yaşaması için gösterdiğimiz 'etken ilgi'dir.

Erich Fromm

Yaşadığımız her an önümüzde iki seçenek vardır; gelişime doğru bir adım atmak ya da güvende hissetmek için bir adım geri kalmak.

Abraham Maslow

Tanrı'm!

Güçlülerin yüzüne gerçeği söylemek için

ve zayıfların alkışını ve sevgisini kazanmak için

ve yalan söylememek için bana yardım et.

Eğer bana para verirsen mutluluğumu alma

ve eğer bana güçler verirsen muhakeme
yeteneğimi çıkarma.

Eğer başarı verirsen alçak gönüllüğü çıkarma.

Eğer bana alçak gönüllüğü verirsen saygınlığımı
çıkarma.

Görünenin diğer yüzünü tanımama yardım et.

Benim düşüncelerime katılmıyor diye bana karşı
olanları hainlikle suçlayarak, onların karşısında
suçlu duruma düşmeme izin verme.

Kendimi sever gibi diğerlerini de sevmeyi

ve diğerlerini yargılıyormuş gibi kendimi de
yargılamayı öğret bana.

Başarılı olduğum zaman sarhoşluğuma
izin verme.

Ne de başarısız olursam olayım, umutsuzluğa düşmeme izin verme.

Daha ziyade başarısızlığın, başarının öncesindeki bir deneme olduğunu hatırlamamı sağla.

Hoşgörünün, güçlerin en büyüğü olduğunu

ve intikam arzusunun, zayıflığın ilk görünüşü olduğunu öğret bana.

Eğer paradan yoksun bırakırsan, bana umudu bırak.

Ve eğer beni başarıdan yoksun bırakırsan,

başarısızlığı yenebilmek için irade gücünü bırak bana.

Eğer beni sağlık bağışından yoksun bırakırsan, inancın lütfünü bana bırak.

Eğer insanlara zarar verirsem, özür dileme gücünü ver bana.

Ve eğer insanlar bana zarar verirse, affetme ve merhamet gücünü ver bana.

Tanrı'm! Eğer ben seni unutursam sen beni unutma.

Mahatma Gandhi

Konuşmadan önce düşün. Gereği var mı?
Şefkat barındırıyor mu? Kimseyi incitebilir mi?
Sessizliği bozacak kadar değerli mi?

Lao Tzu

Bir kitap iyi yazılmışsa onu her zaman kısa bulurum.

Jane Austen

Ateş karşısında bozulmayan altın, altın karşısında bozulmayan kadın, kadın karşısında bozulmayan erkek kalitelidir...

Maksim Gorki

Daha bir sürü şey, şuramda darmadağınık...

Edip Cansever

İnsan değişiyor; gençlikte en çetin cevizleri kıran dişler bile, yaşlılıkta ekmek kabuğu kemiriyorlar.

Ebner von Eschenbach

Hayatta silgim hep kalemimden önce bitti, çünkü kendi doğrularımı yazacağıma tuttum başkalarının yanlışlarını sildim.

Oğuz Atay

Yapılmış küçük işler, planlanmış büyük işlerden çok daha iyidir.

Peter Marshall

İşler zor olduğu için girişimde bulunmuyor değiliz, girişimde bulunmadığımız için işler zorlaşıyor.

Seneca

Hiçbir süs ve makyaj bir kadını analık sevgisi kadar güzelleştiremez.

Emile Zola

Belirsizlik tüm işkencelerin en kötüsüdür.

Alexandre Dumas

Eğer bir çocuk, kavga ve gürültü içinde yaşarsa kavgayı öğrenir. Eğer bir çocuk, korku içinde yaşarsa, korkmayı öğrenir.

Eğer bir çocuk, daima ona acıyan insanlarla beraber yaşarsa, kendini zavallı hissetmeyi öğrenir. Eğer bir çocuk, kıskançlık içinde yaşarsa, nefret etmeyi öğrenir.

Eğer bir çocuk, cesaret ve heyecana değer verilen bir çevrede yaşarsa, kendine güvenmeyi öğrenir. Eğer bir çocuk, övmeyi bilen insanlarla beraber yaşarsa, başkalarını da takdir etmeyi öğrenir.

Eğer bir çocuk, sevgi içinde yaşarsa, sevmeyi öğrenir. Eğer bir çocuk, kendisini insan yerine koyan bir çevrede yaşarsa, hayatta erişmek için çalışmaya değer bir amacı olmasını öğrenir.

Eğer bir çocuk, dürüst hareket eden insanlar içinde yaşarsa, adaletin ne olduğunu öğrenir. Eğer bir çocuk, sözlerine güvenilir insanlar içinde yaşarsa, hakikatin ne olduğunu öğrenir.

Eğer bir çocuk, açık kalpli, güler yüzlü ve anlayışlı insanların arasında yaşarsa dünyanın gerçekten yaşamaya değer güzel bir yer olduğunu öğrenir.

Ann Lander

Bugünün değerini anlamadan yarını
bekleyen bu insanlar, dünün geçtiğini ve
yarının belki de hiç gelmeyeceğini
düşünemiyorlar.

Douglas Burton

Hayat bana bir şey öğrettiyse bu, yarının
hiçbir zaman olmayabileceğiydi.
Ya da daha kötüsü, kalbinizi ellerinde tutan
insanın bir gün ortadan kaybolabileceğiydi.
Bugün burada, yarın yok.

Sarah Jio

Vakit varken tomurcukları topla.
Zaman hâlâ uçup gidiyor ve bugün gülümseyen
bu çiçek, yarın ölüyor olabilir.

H. Kleinbaum

Ağla. Affet. Öğren. İlerle. Gözyaşlarının,
gelecekteki mutluluğunun tohumlarını
sulamasına izin ver!

Steve Maraboli

İnsanlar eğlenebildikleriyle arkadaş olurlar, anlatabildikleriyle dost, ağlayabildikleriyle kardeş.

Anton Çehov

Gerçek yaşam, küçük değişiklerle yaşanır.

Tolstoy

Eğer inandığın şey için savaşmaya niyetli değilsen, ringden içeri bile girme.

Madonna

Birbirinize gülümseyin. Karınıza, kocanıza, çocuklarınıza, kısacası herkese gülümseyin. Kim olduğu önemli değil. Bu birbirinize duyduğunuz sevginizin güçlenmesine yardımcı olacaktır.

Rahibe Teresa

Köhne fikirler, paslanmış çivilere benzer: Söküp atmak çok güçtür.

Cenap Şahabettin

İnsan, tebessümle gözyaşı arasında
gidip gelen bir sarkaçtır.

Lord Byron

Başarısızlık mı? Ben hiç karşılaşmadım
kendisiyle. Benim karşılaştığım geçici
birtakım aksiliklerdi.

Bill Marriott

Sıradan bir insanla bir savaşçı arasındaki
temel fark, savaşçının olayları mücadele
kavramıyla eşdeğer görmesi, sıradan bir insanın
ise olayları mutluluk kaynağı ya da
felaket olarak ele almasıdır.

Don Juan

Mükemmel insanın aksayan tarafları daha
çok belli olur.

Goethe

Sevenler imkânsızın gerçekleşeceğine inanırlar.

Elizabeth Barrett Browning

Yaşlı Kızılderili reisi kulübesinin önünde torunuyla oturmuş, az ötede birbiriyle boğuşup duran iki kurt köpeğini izliyorlardı. Köpeklerden biri beyaz, biri siyahtı ve on iki yaşındaki çocuk kendini bildi bileli o köpekler dedesinin kulübesi önünde boğuşup duruyorlardı.

Dedesinin sürekli göz önünde tuttuğu, yanından ayırmadığı iki iri kurt köpeğiydi bunlar. Çocuk, kulübeyi korumak için bir köpeğin yeterli olduğunu düşünüyor, dedesinin ikinci köpeğe neden ihtiyacı olduğunu ve renklerinin neden illa da siyah ve beyaz olduğunu anlamak istiyordu artık. O merakla, sordu dedesine. Yaşlı reis, bilgece bir gülümsemeyle torununun sırtını sıvazladı. "Onlar," dedi, "Benim için iki simgedir evlat."

"Neyin simgesi," diye sordu çocuk.
"İyilikle kötülüğün simgesi… Aynen şu gördüğün köpekler gibi, iyilik ve kötülük içimizde sürekli mücadele eder durur. Onları seyrettikçe ben hep bunu düşünürüm. Onun için yanımda tutarım onları."

Çocuk, sözün burasında, 'Mücadele varsa kazananı da olmalı,' diye düşündü ve her çocuğa has, bitmeyen sorulara bir yenisini ekledi: "Peki," dedi.
"Sence hangisi kazanır bu mücadeleyi?"
Bilge reis, derin bir gülümsemeyle baktı torununa.
"Hangisi mi evlat?
Ben, hangisini daha iyi beslersem!"

Sevgi harika bir şeydir. Birini sevmek için, bir başkasını sevmekten vazgeçmeniz gerekmez. Herkese verecek kadar sevginiz vardır.

Pamela J. DeRoy

Çevremdeki her şeyin sıradanlaşmaya başladığını fark ettiğimde büyüdüğümü anladım.

Ali Lidar

En güzel şarkılar nasıl sözsüz olanlarsa, en iyi dostlar da adsız olanlardır.

Virginia Woolf

Hiç kimseye bir şey öğretemezsiniz, yapabileceğiniz tek şey içlerindeki öğrenme isteğini keşfetmelerine yardım etmektir.

Galileo Galilei

Eylemler, sözcüklerden daha çok şey söyler.

Afrika Atasözü

Akarsu, ne güzel hayat dersidir:
Küçük engellerin üzerinde köpürür;
büyüklerin yanından sessizce geçiverir.

Cenap Şahabettin

Düşünceli ve fedakâr bir avuç insanın
tüm dünyayı değiştireceğinden hiçbir
zaman şüphe etme.

Margaret Mead

İnsanlar işine gelince değil de vicdanına değince
iyilik yapsalardı, bugün çıkar ilişkileri değil,
gerçek sevdalar yaşanırdı.

Nâzım Hikmet

Korkuyu yaşadığınız her deneyim,
size güç ve kendinize güven kazandırır...
Yapamayacağınızı düşündüğünüz her şeyi
yapmayı denemelisiniz.

Eleanor Roosevelt

Kavağın yanında bir kabak filizi boy göstermiş.
Bahar ilerledikçe bitki kavak ağacına sarılarak
yükselmeye başlamış. Yağmurların ve güneşin
etkisi ile müthiş hızla büyümüş ve neredeyse
kavak ağacıyla aynı boya gelmiş.
Bir gün dayanamayıp sormuş kavağa:
"Sen kaç ayda bu hâle geldin ağaç?"
"On yılda..." demiş kavak.
"On yılda mı?" diye gülmüş ve
çiçeklerini sallamış kabak.
"Ben neredeyse iki ayda seninle
aynı boya geldim, bak..."
"Doğru," demiş ağaç. "Doğru!"

Günler günleri kovalamış ve sonbaharın ilk
rüzgârları başladığında kabak, önce üşümeye
başlamış sonra yapraklarını düşürmeye.
Soğuklar arttıkça da aşağıya doğru inmeye
başlamış. Sormuş endişeyle kavağa:
"Neler oluyor bana ağaç?"

"Ölüyorsun..." demiş kavak.
"Niçin?" demiş kabak.
"Benim 10 yılda geldiğim yere,
2 ayda gelmeye çalıştığın için..."

Önce kendi gideceğin yolu öğren, sonra
öğretmeye kalk.
Budha

Günün birinde, bize kim olduğumuzu ve kim olabileceğimizi söyleyen biri çıkar karşımıza ve potansiyelimizi sonuna kadar kullanabilmemizi olanaklı kılar.
Rusty Berkus

İyilik hiçbir zaman boşa gitmeyen tek yatırımdır.
Thoreau

En çok yaşamış olan uzun yıllar yaşamış olan değil, yaşamın anlamını en fazla anlamış olan insandır.
S. Kierkegaard

Lüzumsuz şeyler öğrenenler,
lüzumlu şeylere kulak tıkamış olurlar.
Edmund Burke

Geçmişini bilmeyen, geleceğini de bilemez. Geçmişini iyi bil ki, geleceğe sağlam basasın. Nereden geldiğini unutma ki, nereye gideceğini unutmayasın...

Şeyh Edabali

Düşünceye gem vurmak, zihne gem vurmak demektir, bu ise rüzgârı zapt etmekten daha zordur.

Gandhi

Tarih boyunca gayret sarf etmeksizin yaşayanlar arasında, isim bırakmış bir tek insan yoktur.

Theodore Roosevelt

Bir birey bile dengeden çıktıysa, dokunduğu herkes de denge dışına çıkar. Aynı şekilde bir birey uyumlu olduğunda, dokunduğu herkes de uyum içinde olacaktır.

Kızılderili Atasözü

Gidene kal demeyeceksin...

Gidene kal demek zavallılara,

Kalana git demek terbiyesizlere,

Dönmeyene dön demek acizlere,

Hak edene git demek asillere yakışır.

Kimseye hak etmediğinden fazla değer verme, yoksa değersiz olan hep sen olursun...

Düşün...

Kim üzebilir seni senden başka?

Kim doldurabilir içindeki boşluğu sen istemezsen?

Kim mutlu edebilir seni, sen hazır değilsen?

Kim yıkar, yıpratır sen izin vermezsen?

Kim sever seni, sen kendini sevmezsen?

Her şey sende başlar, sende biter...

Yeter ki yürekli ol, tükenme, tüketme, tükettirme içindeki yaşama sevgisini...

Ya çare sizsiniz ya da çaresizsiniz...

Öyle bir hayat yaşadım ki cenneti de gördüm cehennemi de.

Öyle bir aşk yaşadım ki tutkuyu da gördüm pes etmeyi de.

Bazıları seyrederken hayatı en önden, kendimi bir sahnede buldum,

Oynadım.

Öyle bir rol vermişlerdi ki okudum okudum anlamadım.

Kendi kendime konuştum bazen evimde, hem kızdım hem güldüm hâlime.

Sonra dedim ki söz ver kendine,

Denizleri seviyorsan dalgaları da seveceksin.

Malını, mülkünü ver de bir gönül al; al da
o gönül, mezarda o kapkara gecede
ışık versin sana.

Mevlânâ

Başkalarının düşüncelerine göre hareket
edeceksek kendi düşüncelerimizin ne anlamı
kalır.

Oscar Wilde

Öğrencilerin bilmeleri gerektiğinden daha çok
şey bilmeyen bir öğretmenden daha korkunç
hiçbir şey olamaz.

Goethe

Deli olmanın delinin kendisinden başka
kimsenin bilemeyeceği bir zevki var.

John Dryden

Bir kimseye edilecek iyiliğin en mükemmeli
o kimseyi minnet altında bırakmayanıdır.

Balzac

Hiçbir zaman çıktığın kapıyı hızla çarpma,
geri dönmek isteyebilirsin.
Don Herold

Birine çamur atmadan önce iyi düşün ve sakın
unutma; ilk önce senin elin kirlenecek.
Tolstoy

Okuduğunuz eser sizi fikren yükseltir, içinizi
iyi ve mert duygularla doldurursa, onun
hakkında karar vermek için bu duygu yeterlidir.
Alexander Pope

Cehennem nedir? Bence o, sevmeyi
başaramamaktan acı çekmektir.
Dostoyevski

İnsan, hediyesini kalbiyle beraber vermezse
onun ne değeri vardır?
Charles Tschopp

Büyüdüğünüz zaman size içerisinde bulunduğunuz dünyada nasıl yaşamanız gerektiği söylenir, bazı şeyleri çok zorlamamanız, ufak bir aile kurup arada para biriktirmek suretiyle mutlu bir dünyanın kapılarını açmanız gerektiği öğütlenir. Bu fikirler pek tabi hayatımızı kısıtlamaktan ileriye gidemezler zira tüm dünyanın sizden çok daha zeki olmayan insanların yarattığı bir hayalden başka bir şey olmadığını gördüğünüz anda işler değişir.
Bu dünyayı değiştirmek hepimizin elinde ve bir kez bu değişimi yapmayı öğrendiğiniz zaman artık o eski sizden eser kalmayacaktır.

Steve Jobs

İnsanın kendi felaketine tahammül edebilmesi büyük hünerse, başkalarının felaketini paylaşabilmesi daha büyük hünerdir.

Joseph Joubert

Bir insanın değeri, çevresindekilerin değeri ile ölçülür.

Cevdet Rende

Hayatta her şey belirsiz, kesin olan mukadder bir şekilde kesin olan tek şey var: Ölüm.

Alexis Carrel

Ne zaman bu şehirden kaçıp gitme isteği gelse, bir köşeye oturup geçmesini bekliyorum. Gidersem dönmem çünkü biliyorum...

Cemal Süreya

Ölüm hayatta büyük bir kayıp değildir. Asıl büyük kayıp, yaşarken içimizde ölendir.

Robin Sharma

Çocuğa küçük şeylerden zevk almasını öğreten, ona büyük bir servet bırakmış olur.

Etienne Gilson

Yaşamınızdaki her sorun, içinde bir armağan saklar.

Richard Bach

Mutlu olmak için, insanların ve hayatın nasıl olması gerektiğine dair ne kadar fazla kuralınız olursa, o kadar az mutlu olursunuz.

Anthony Robbins

İnsanlardan hiçbir şey beklemeyen mutludur; çünkü o, hiçbir zaman hayal kırıklığına uğramayacaktır.

Alexander Pope

Cehennem, insan yüreğinde sevginin bittiği yerdir.

Dostoyevski

Zamanın kısalığından en çok şikâyet edenler,
onu en kötü kullananlardır.

Jean de La Bruyère

Bir insanın her zaman gülmesi sadece
hayatının mükemmel olduğu anlamına gelmez,
gülümsemek umut ve gücün sembolüdür.

Lauryn Hill

Genellikle melankolik ve karanlık olmakla
suçlanıyorum. Oysa dünyanın en neşeli
adamıyım. Karamsar da değilim. Karamsarlık
sürekli yağmurun yağacağını hissetmektir.
Oysa ben üstümün başımın çoktan sırılsıklam
olduğunu biliyorum.

Leonard Cohen

Izdırapların en büyüğü kendi kendini suçlu
görme duygusudur.

Jane Austen

Bir şey yanlışsa, milyonlarca kişi o yanlışı savunsa da, o yine yanlıştır.

Bertrand Russell

En zoru harekete geçme kararıdır, geri kalanı ise sadece kararlılık meselesidir.

Amelia Earhart

İster başarılı, ister başarısız olsunlar, zafer kazanmış veya yenilmiş olsunlar; bütün insanlar, üzerlerine düşen görevi yerine getirdiklerinde mutlu olurlar.

Sokrates

Eğer farklıysan, yalnızlığa mahkûm oluyorsun.

Aldous Huxley

İnsan ne kadar az düşünürse, o kadar çok konuşur. Cahilliğin en büyük kanıtı budur.

Montesquieu

Zor zamanlar geçiriyorsanız, sevdiklerinizi kaybetmekten dolayı acı çekiyor ya da gelecekten korkuyorsanız, hayatın sadece şimdiki zamandan mevcut olduğunu aklınızdan çıkarmayın; tüm düşünce ve hatıralarınızı şimdiki zamana yöneltin.

Böyle yaptığınız takdirde, geçmişe ait tüm acılarınız, geleceğe dair tüm endişeleriniz yok olur gider, mutluluğu ve özgürlüğü duyumsarsınız.

Tolstoy

Seni kaybetmekten korkmayacak insanlar için çabalaman, boşunadır...

Tom Robbins

Açık kalple konuşan düşman,
içten pazarlıklı dosttan daha iyidir.

Beydeba

Kaliteli insan, ona gösterilen güler yüz ve samimiyetten cesaret bulup haddini aşmayandır.

Hz. Ali

Kötülerin kazanması için iyilerin seyirci kalması yeterlidir.

Edmund Burke

Ruh, her zaman kendini nasıl iyileştireceğini bilir. Esas zorluk zihni susturmaktır...

Caroline Myss

Bir insanla birlikte ne kadar saçmalıyorsanız,
o kadar samimisinizdir.

Woody Allen

Yalnızca kültürlü insanlar öğrenmeyi sever,
cahiller ders vermeyi tercih eder.

Edouard Le Berquier

Mutluluk iyi bir sağlık ve kötü bir hafızadan
başka bir şey değildir.

Albert Schweitzer

Hepimiz kaybettiğimiz ya da ulaşamadığımız
her şey için zamanı suçlarız.
Oysa unutma ki, zaman konuşacak olsa,
hepimiz utanırız.

Tolstoy

Gerçek arkadaşlar, seçebildiğiniz ailenizdir.

Audrey Hepburn

Yaşamak, bir müzeyi hızlıca gezmeye benzer.
Gördüklerini hazmetmen, onlar üzerinde
düşünmen ve müzedekiler hakkında okuman
zaman alır.
Her şeyi bir anda anlayamazsın.
Uzun bir hayat ve güzel bir akşam yemeği
arasında sadece bir fark vardır.
Akşam yemeğinde en tatlı şeyler en son gelir.

Audrey Hepburn

Sevdiğimiz zaman, aşk o kadar büyüktür ki içimize sığmaz; sevdiğimiz insana doğru yayılır, onda kendisini durduran bir yüzey bulur; bizi gidişten daha fazla büyülemesinin sebebiyse, kendimizden çıktığını fark etmeyişimizdir.

Marcel Proust

Evrenin başka yerlerinde de zeki canlıların var olduğunun en kesin kanıtı, şimdiye dek bizimle hiç irtibata geçmeye çalışmamış olmalarıdır.

Bill Watterson

Gözlerin rengi, biçimi ne kadar farklı olursa olsun gözyaşlarının rengi aynıdır.

Afrika Atasözü

Hayatımı sadece ben değiştirebilirim. Bir başkası bunu benim için yapamaz.

Carol Burnett

Eğer mutluluğunuz, insanların yaptığınız her
şeyi onaylamasına dayanıyorsa, başarısız
olmaya mahkûmsunuz.

Madonna

Gitmek istiyorsa, bırakacaksın gitsin.
Aklı seninle olmayanın bedeni yanında olsun
ister misin?

Can Yücel

Bir erkeği verdiği cevaplara göre değil de
sorduğu sorulara göre yargılayın.

Voltaire

Çocuklar en gözü pek filozoflardır. Ve gözü pek
filozoflar da kaçınılmaz olarak çocuk kalırlar.
Evet, tıpkı çocuklar gibi durmadan soru sorarlar.

Yevgeniy Zamyatin

Rüyaları gerçekleştirmenin en iyi yolu
uyanmaktır.

Ralph Waldo Emerson

Sana gitme demeyeceğim.
Üşüyorsun ceketimi al.
Günün en güzel saatleri bunlar.
Yanımda kal.

Sana gitme demeyeceğim.
Gene de sen bilirsin.
Yalanlar istiyorsan yalanlar söyleyeyim,
İncinirsin.

Sana gitme demeyeceğim,
Ama gitme, Lavinia.
Adını gizleyeceğim
Sen de bilme, Lavinia.

Özdemir Asaf

Şu ölümlü dünyada insanın yalnızca
iki buçuk dakikası vardır:
Biri gülümsemek için,
biri acı çekmek için
Ve yalnızca yarım dakika sevmek için.
Çünkü sevmeye ayrılan bu son dakikanın
ortasında ölür insan.

Jean Paul Sartre

Ölüm acı vermez; acı veren şey, yaşamdır.

Jack London

Dünün üzüntüleri ve yarının endişeleriyle donatılmış bir kalpten, bugün için bir şey bekleme.

Hannah Arendt

Biri sizi bir defa aldatırsa suç onundur. İkinci defa aldanırsanız bilin ki suç sizindir.

Sarah Bernhardt

Bilgimiz yalnızca sınırlı olabilir ancak cehaletimiz kesinlikle sonsuz olmak zorundadır.

Karl Popper

Hayat hakkında öğrendiğim her şeyi şu üç kelimede özetleyebilirim: Hayat devam ediyor...

Robert Frost

Yaşayanlardan mısınız, Ölenlerden mi?

Güzelliğin sonu çirkinliktir.

Gençliğin kaderi solmaktır.

Hayat "ağır ağır çürümek"ten başka bir şey değildir, her gün ölüyoruz.

Peki ne yapıyoruz, sürekli erteliyoruz.

Anne babamıza onları ne kadar çok sevdiğimizi söylemiyoruz. Sıkıca sarılmıyoruz.

İş, para, kariyer diye gözümüz dönmüş. Sevgilimizi haftada bir gün zor görüyoruz.

Eşimizle çıkacağımız tatili 28. kez planlıyoruz. 29.'da da gitmeyeceğimizi biliyoruz.

Bebek istiyoruz ama "kendimize layık" eş bulamıyoruz. Bulduklarımızı kısa süre sonra diğerlerinin yanına "raf"a kaldırıyoruz.

Reddedilmekten korkup "seni seviyorum" diyemiyoruz.

Arkadaşlarımızla randevularımızı "öncelikli ertelenebilecekler" listesine koyuyoruz.

Aldatıyoruz, aldatılıyoruz ve "başkasını bulamam" diye yalanlarla yaşıyoruz.

İşsiz kalan arkadaşlarımızı arayıp sormuyoruz.

Karanlık kış günlerinin ardından parıldayan güneşi, plaza camlarının arkasından izliyoruz.

Yağlı, kızarmış, kanserojen demeden bilerek ve isteyerek habire yiyoruz. Her pazartesi rejime başlayıp salı sabahı bırakıyoruz.

Sigara dumanını oksijenden daha büyük bir zevk duyarak ama "bırakmalıyım" diyerek içimize çekiyoruz.

Spor salonlarının broşürlerini arşivleyip işten güçten bir türlü gidemiyoruz.

Evimizi kitap doldurup hiçbirini okumuyoruz.

Diş ağrısından ölüyoruz, gözlerimiz doğru dürüst görmüyor, doktora gitmiyoruz.

İhtiyaç duyan bir çocuğu okutmuyoruz.

Nefret ettiğimiz işimize "para" için devam edip seveceğimiz bir iş arayışına girmiyoruz.

Ne yapıyoruz?

Her gün ölüyoruz...

Frederic Beigbeder,
"Aşkın Ömrü Üç Yıldır" adlı kitabından.

En basit sorular cevaplanması en zor olanlardır.

Northrop Frye

Kalp söze başlayınca akıl sağır olur.

Cenap Şahabettin

Alkışı en sessiz şekilde karşılayan, alkışı hak etmiş demektir.

Konfüçyüs

Geçmişler geleceğe, suyun suya benzemesinden daha çok benzer.

İbn-i Haldun

Türlü türlü cefanın adını aşk koymuşlar.

Yunus Emre

Biz sevinçlerimizi ve hüzünlerimizi onları yaşamadan çok önce tercih ederiz.

Halil Cibran

Bilen kişiyle dost ol, çünkü seni aydınlatır. Bilgisiz kişiyle dost ol, çünkü sen onu aydınlatırsın. Bilmediğini bilmeyenlerden hemen uzaklaş, çünkü onlar aptaldır, seni de aptallaştırır.

Konfüçyüs

Birini sevmeye koyulmak başlı başına bir iş, bir girişimdir. Güç ister, yürek ister, körlük ister. Hatta başlangıçta öyle bir an vardır ki uçurumun üstünden sıçramak ister; düşünmeye kalkarsan aşamazsın onu.

Sartre

Islak adam yağmurdan korkmaz.

Rus Atasözü

Başkalarını teselli ederken, aynı zamanda kendi acılarınızı da unutmuş olursunuz.

Mme De Maintenon

Hiç kimse kusursuz değildir. En iyimiz, en az
kusurlu olanımızdır.

Horatius

Çiçekler, nasıl çiçek açacaklarıyla ilgili şüphe
duymazlar. Sadece açarlar ve ışığa dönerler.
Onları güzel yapan işte budur.

Jim Carrey

İyi yaşamak için acele et ve şunu bil ki her gün,
başlı başına bir hayattır.

Seneca

Nasıl ve ne zaman öleceğinizi seçemezsiniz.
Sadece nasıl yaşayacağınıza karar verebilirsiniz.
Şimdi!

Joan Chandos Baez

Soru kimin bana izin vereceği değil,
kimin beni durduracağıdır.

Ayn Rand

Acınız, anlayışınızı saklayan kabuğun kırılışıdır. Nasıl bir meyvenin çekirdeği, kalbi güneşi görebilsin diye kabuğunu kırmak zorundaysa, siz de acıyı bilmelisiniz.

Ve eğer kalbinizi, yaşamınızın günlük mucizelerini hayranlıkla izlemek üzere açarsanız, acınızın neşenizden hiç de az harikulade olmadığını göreceksiniz.

Halil Cibran

Kadınlar evlenmek istedikleri zaman âşık olduklarını düşünmekten hoşlanırlar. Öz saygılarına yardımcı bir mazeret olduğunu hissederler.

John Wyndham

Algının kapıları temizlenirse, her şey insana olduğu gibi, sonsuz olarak gözükecektir. Çünkü insan, her şeyi mağarasının daracık çatlaklarından görecek denli kendisini kapatmıştır.

William Blake

Rüyalar yenilenebilir. Yaşımız ya da konumumuz ne olursa olsun, içimizde hâlâ kullanılmamış olanaklar ve doğmak üzere bekleyen yeni güzellikler var.

Dale Turner

Yola çıkan insan yol üstünde evini yapmaz; göç eden kimse de eşyasını evde bırakmaz.

Yusuf Has Hacib

Bir insan yoğun ve kılı kırk yararak düşündüğü zaman, sadece yüzü değil gövdesi de çekinceli bir havaya bürünür.

Nietzsche

Kadınların hayal gücü çok hızlı işliyor. Hayranlık hemen aşka, aşk da bir anda evliliğe sıçrayıveriyor.

Jane Austen

O beni, ben de onu bekliyordum ve hiç konuşmadan bir gün daha sona eriyordu.

Özdemir Asaf

Aldanma diye bir şey yoktur. Sadece biraz fazla güvenmek vardır. Ve insanı aldandığı değil, en çok güvendiği aldatır.

Maksim Gorki

Küçük üzüntüler konuşurlar, büyük dertler dilsizdir.

Nijerya Atasözü

Olmayacak insanlarla olmayacak hayaller kurduğum için, en çok da kendimden af diliyorum.

Albert Camus

Sevdiğin her şeyi er ya da geç kaybedeceksin ama sonunda sevgi başka bir surette geri dönecek.

Franz Kafka

En büyük işler büyük hayal sahipleri tarafından başarılmıştır.

Russel

Bazı insanlar, hayatın güzel olduğunu hatırlamak için vardır. O insanların değerini bilin.

Neale Donald Walsch

Ruhunu heyecanlandıran her çağrıya yanıt ver.

Rumi

Bundan 20 yıl sonra, yaptıkların için değil yapamadıkların için üzüleceksin.

Dolayısıyla, halatları çöz. Limandan uzaklara yelken aç. Rüzgârı yakala, araştır, düşle, keşfet. Yapabileceğin kadar söz ver. Sonra, söz verdiğinden daha fazlasını yap. Oturarak başarıya ulaşan tek yaratık tavuktur. Dalın ucuna gitmekten korkma. Meyve oradadır. Günün sonunda kendini bir sokak köpeği kadar yorgun hissediyorsan, bu belki bütün gün hırladığın içindir.

Başlamak için en uygun zamanı beklersen, hiç başlamayabilirsin. Şimdi başla! Şu anda bulunduğun yerden, elindekilerle başla. Gülümsediğinde güzelleşmeyen bir yüz hiç görmedim. Kimi zaman içindeki sessiz sese uzmanlardan daha fazla güven. Aerodinamik yasalara göre, tombul ve tüylü arının hiç uçmaması gerekiyordu. Herhâlde bunu ona hiç kimse söylemedi ki, uçuyor.

Zamanlarının büyük bir kısmını, para kazanmak ve saklamakla geçiren insanlar sonunda, en çok istediklerinin satın alınamayacak şeyler olduğunu anlarlar. Öteki insanlardan daha akıllı ol. Yalnız, bunu onlara söyleme! Mutlu olmanın en garantili yolu, başkasını mutlu etmektir.

Hayatta ya tozu dumana katarsın ya da tozu dumanı yutarsın! İyi çalışan, sık gülen ve çok seven başarıyı elde eder. İnsanın tüm evrende kesin olarak düzetebileceği tek bir şey vardır... KENDİSİ!

Aldous Huxley

Yaşam, özgür ve engelsiz yolculuk yaptığımız düz ve kolay gidilen bir koridor değil yolumuzu aradığımız, kaybolup aklımızın karıştığı ve zaman zaman bir çıkmaz sokağına geldiğimiz bir geçişler labirentidir.

Cronin

Eğer gelecek hakkında düşünmezseniz, asla bir geleceğiniz olmaz.

Henry Ford

Bazen seni üzse de, sevdiklerinin gitmesine izin vermen gerekir.

Antoine de Saint-Exupéry

Zihin, doldurulması gereken bir kazan değil, tutuşturulması gereken bir ateştir.

Plutarkhos

Gözlerde yaş yoksa ruh gökkuşağına sahip olamaz.

Kızılderili Atasözü

Belki de susmak, gerçeği anlatmanın tek yoluydu.

İhsan Oktay Anar

Dikkat et amalarla beni kaybettin, keşkelerle kendini mahvedeceksin.

İlhan Berk

İnsanları yalan söylediklerinde dinlemeyi severim. Çünkü olmak istedikleri ama olmadıkları insanları anlatırlar.

Tolstoy

Kendinin ne olduğunu bilen insan, bazı kendini bilmezlerin, onun hakkında söylediklerinden etkilenmez.

İbn-i Sina

En kusursuz cinayet, yaşama sevincini öldürmektir.

Paulo Coelho

Düşünür Bacon,
"Neden okumalıyız?" şeklindeki soruyu
bir zamanlar şöyle yanıtlamış:
"Başkalarını iğnelemek veya onları susturmak
için okumayın. Sırf inanmak ve her şeyi
muhakkak saymak için de okumayın.
Süslü konuşma yapmak için ise hiç
okumayınız."
Peki, "Ne için okumalıyız?" diye sorarsanız,
Bacon'ın buna verdiği yanıt da şöyle:

"Yalnızca daha iyi düşünebilmek, daha derin
düşünebilmek ve düşüncelerinizden bir sonuç
çıkarabilmek için okuyunuz."

Bazılarımız dayanmanın bizi güçlü kıldığını zanneder ama bazen bizi güçlü yapan bırakmaktır.

Hermann Hesse

Aşk köprü kurmaktır; insanlar köprü kuracakları yerde duvar ördükleri için yalnız kalırlar.

Isaac Newton

Bilgi bize güç verir ancak saygıyı karakterinizle kazanırsınız.

Bruce Lee

Yaşadığı yeri terk etme arzusundaki insan mutsuz bir insandır.

Milan Kundera

Nereye gittiğini bilen adama bütün dünya yol verir.

Emerson

Arkamda bıraktığım köprüleri yıkarım ki,
ilerlemekten başka çarem kalmasın.

Fridtjof Nansen

Genellikle bütün büyük yanlışlıkların altında
gurur yatar.

Aleksandr Puşkin

Sonra bir şeyler olur adını koyamadığın ve artık
eskisi gibi olamazsın.

Bukowski

Senin dışında düşünememek hastalığına
müptelayım.

Ahmet Hamdi Tanpınar

Yaşamak, kendi kendini adam etmektir.
Zekâ ve bilgiyi kullanarak, etinden kemiğinden
kendi heykelini yapmaktır.

Goethe

Denemeyi bilene imkânsız yoktur.

Büyük İskender

Hayat fırtınaların durmasını beklemek değil, yağmur altında dans etmeyi öğrenmek demektir.

Seneca

Bir şeyi bıraktığında sana acı verecek kadar sahiplenme.

Woody Allen

Bir kelime kararını, bir duygu hayatını, bir insan seni değiştirebilir.

Konfüçyüs

Kendi düşen adam bırak düşsün. Eğer bir başkası tarafından itilmişse işte o zaman onu tut.

Niccolò Machiavelli

Öyle sıcak ve samimi olun ki her sıktığınız ele ruhunuzu da katın...

Düşmanlarınızı düşünüp de zaman kaybetmeyin...

Korkuya kapılıp hedef değiştirmeyin...

Güçlü ve faydalı olma düşüncesini zihninizde yaşattıkça gerçekten öyle olmaya başladığınızı göreceksiniz...

Siz ısrar ettikçe fırsatlar çıkacaktır...

Fikir imanla bağlanırsa kudret hâline gelir...

İmanla bağlanın.

Cesur açıkgöz ve samimi olun...

Kalbiniz neye bağlanırsa varlığınız onun mahiyetine bürünür.

Büruneceğiniz mahiyeti doğru tespit edin...

Bir gülümsemenin insana hiçbir masrafı yoktur.

Bu kadar basit bir sermaye ile elde edeceğiniz kazançlar ise büyük olabilir...

Kısacık bir ana sığan gülümseme bir hafızada ömür boyu yaşayabilir...

Hiç kimse gülümsemenin meydana getireceği faydaları reddedecek kadar zengin değildir.

Hiç kimsede gülümsediği için fakir düşmez...

Gülümseme korkaklara güç, kederlilere neşe, hastalara sıhhat verir.

Gülümseme yorgunları dinlendirir.

Onu satın alamazsın, onu dilenemezsin, onu çalamazsın.

Onu birisi size ancak gönül rızasıyla verir.

Dale Carneigne

Kusursuz bir insan ararsan, dört dörtlük bir
yalnızlık yaşarsın.

Aldous Huxley

Sevmek, güzel birinde aşkı aramak değil,
bir başkasında kendini bulmaktır.

Dostoyevski

Bazen birdenbire aklıma geliyorsun. Öyle olsun
istemiyorum, kasıtlı düşünmek istiyorum seni.

Cahit Zarifoğlu

Bakıp görmeyenlerden, konuşup
dinlemeyenlerden, dokunup hissetmeyenlerden
uzak durun...

Leonardo Da Vinci

Bir mum diğer mumu tutuşturmakla ışığından
bir şey kaybetmez.

Mevlânâ

Gerçek arkadaş sağlık gibidir,
değeri o yok olunca anlaşılır.
Cervantes

Her şeyin en iyisine sahip olan değil,
sahip olduğunun tadını çıkaran mutludur.
Vladimir Nabokov

İyi kalpli ve sevecen olmanın, mükemmel
olmaktan daha önemli olduğunu öğrendim...
Özdemir Asaf

Düşüncelerin neyse hayatın da odur.
Hayatın gidişini değiştirmek istiyorsan
düşüncelerini değiştir.
Shakespeare

Karakter sahibi bir insanın ruhu
yaralarla doludur...
Halil Cibran

Para ile her şeye sahip olunacağı söylenir!
Yiyecek satın alabilirsin ama iştah satın alamazsın.
İlaç alırsın ama sağlık alamazsın.
Bilgi alırsın ama bilgelik alamazsın.
Gösteriş alırsın ama güzellik alamazsın.
Eğlence alırsın ama neşe alamazsın.
Tanıdık alırsın ama dost alamazsın.
Hizmetçi alırsın ama sadakat alamazsın.
Boş vakit alırsın ama huzur alamazsın.
Para ile her şeyin kabuğunu alır,
Hiçbir şeyin çekirdeğini alamazsın!

Anne Garborg

Adaletsizliği engelleyecek gücünüzün olmadığı
zamanlar olabilir. Fakat itiraz etmeyi
beceremediğiniz bir zaman asla olmamalı.
Elie Wiesel

Güçlü bir hafıza ağır bir cezadır. Ve işin kötüsü,
iyi anları nadiren, kötü anları sıklıkla hatırlatır.
Orhan Kemal

Para ve insan arasındaki karşılıklı ilişki şöyledir:
İnsan paranın sahtesini yapar, para da insanın.
Benjamin Franklin

Kendi gemisine kaptanlık etmeyen,
vardığı limana şaşırmamalıdır.
Tom Robbins

En çok da üç şey yorar insanı: affetmek,
içi yanarken susmak ve olmayacağını
bile bile hayal kurmak.
Chuck Palahniuk

Bıraktığın yerde olabilirim ama bıraktığın gibi değilim...

William Golding

Çalışmalarımızın ödülü, ne aldığımız değil, ne olduğumuzdur.

Paulo Coelho

Sevgi, özgürlüktür. Sevgi, egoyu yıkan tek eylemdir.

Osho

Sıradan insanların büyük televizyonları, sıra dışı insanların ise büyük kütüphaneleri vardır.

Robin Sharma

Kaybettiklerim arasından en çok aklımı özlüyorum.

Mark Twain

Hayatının en güzel günleri daha erken demekle geçer, sonra 'çok geç' olur.

Flaubert

Yalnızlık, bu dünyanın en eski asaletidir.

Nietzsche

İnsan yaşadıkça anlıyor ki; kendi kayığını kendin çekmezsen bir yerlere gidemiyorsun...

Katherine Hepburn

Aslında insanların gerçek yüzleri her zaman ortadadır. Sadece bakmakta ve anlamakta geç kalırsın.

Bukowski

Gururum da bana yardım etmiyor.
Beni bu hâle soktu,
şimdi de bu ızdıraptan kurtarmıyor.

Anne Brontë

Küçük bir hatayı büyük bir hataya çevirmek istiyorsanız, o küçük hatayı savunun.

Lenin

Bir güzellik yap kendine, sadece sahip olduklarını düşün. Mutlu ol onlarla.

Paul Auster

Evren insanın her ihtiyacını karşılamaya yeter de, her insanın açgözlülüğüne yetmez.

Gandhi

Düşünmek ve söylemek kolay fakat yaşamak, hele başarı ile sonuçlandırmak çok zordur.

Ziya Gökalp

Dedim ya işte bocalıyorum. Yeniden yaşamaya başlamak kolay mı?

Cahit Zarifoğlu

Ölüm, yaşam uykusundan uyanmaktır.

Barış Manço

Kimse sizi olduğunuz gibi kabul etmeye yanaşmayacaktır. Bunun için, doğru bildiğiniz şekilde yaşayın.

Charlie Chaplin

Ölümün bizi nerede beklediği belli değil, iyisi mi biz onu her yerde bekleyelim.

Montaigne

Nasıl bittiyse bundan öncekiler
Bu da biter.
Bite bite
Sonunda ben de biterim
Olur biter.

Aziz Nesin

Hayatta daima tatlı ile acı karışıktır.

Ludwig Tieck

En büyük suçlar ve hatalar gerekli olanı değil de, daha fazlasını elde etmek için işlenir.

Aristoteles

Düşmanlarınızı sevin çünkü kusurlarınızı yalnız onlar açıkça söyleyebilir.

Benjamin Franklin

Eğer insan kısa cümle kuruyorsa, uzun yorgunlukları vardır.

Bob Dylan

Sana ait olmayanın peşinden koştuğunda, gerçekten sana ait olanı yitirirsin.

Marcus Aurelius

Bana hissettirdiklerini
seviyorum.
Sanki her şey
mümkünmüş
gibi. Sanki yaşamaya
değermiş gibi...
Cahit Zarifoğlu

Ve her şey bittiğinde, hatırlayacağımız şey; düşmanlarımızın sözleri değil, dostlarımızın sessizliği olacaktır.

Aliya İzzetbegoviç

Neşeli bir şeyler çal hayat ama ne olur benden değil...

Can Yücel

Barışı sevin, kini ve kavgayı bir tarafa atın çünkü bunlar bütün kötülüklerin anasıdır.

A. Tscherming

Acı insanları yakınlaştırırmış... Hangimiz mutluyuz da bu kadar uzak kaldık birbirimize?

Oğuz Atay

Güneşi gözden kaçırdım diye ağlarsan, yıldızları da göremezsin.

Tagore

Her şeyin sırrı 'sabırdır'...
Acıya sabredersin adı 'metanet' olur...
Açlığa sabredersin adı 'oruç' olur...
İnsanlara sabredersin adı 'hoşgörü' olur...
Dileğe sabredersin adı 'dua' olur...
Duygulara sabredersin adı 'gözyaşı' olur...
Özleme sabredersin adı 'hasret' olur...
Sevgiye sabredersin adı 'aşk' olur...

Hz. Mevlânâ

Zor zamanlar geçiriyorsanız, sevdiklerinizi kaybetmekten dolayı acı çekiyor ya da gelecekten korkuyorsanız, hayatın sadece şimdiki zamandan mevcut olduğunu aklınızdan çıkarmayın; tüm düşünce ve hatıralarınızı şimdiki zamana yöneltin. Böyle yaptığınız takdirde, geçmişe ait tüm acılarınız, geleceğe dair tüm endişeleriniz yok olur gider, mutluluğu ve özgürlüğü duyumsarsınız.

Tolstoy

Eğer ben genç bir adama tek nasihat verecek olsaydım şunu söylerdim: Git, ömrün oldukça zorluklarla ve sorumluluklarla dolu bir hayat yaşa. Çünkü bunlarsız bir hayat, taşımaya değmeyen bir yüktür.

Herbert N. Gasson

Hiçbir şey yapmadan da yorulabiliyor insan, düşündükleri ağır geliyor mesela.

Octavio Paz

Vazgeçilmez insan yoktur, sevdiğin için katlandığın insanlar vardır.

Tom Robbins

Kaderinse dünya küçüktür ama kaderin değilse, çıkmaz sokakta bile karşılaşamazsın.

Elif Şafak

Karşılıksız sevgi ile paylaşılan sevgi, bir hata ile bir gerçek kadar birbirinden ayrıdır.

George Sand

Hintli bir yaşlı usta, çırağının sürekli her şeyden şikâyet etmesinden bıkmıştı. Bir gün çırağını tuz almaya gönderdi. Hayatındaki her şeyden mutsuz olan çırak döndüğünde, yaşlı usta ona, bir avuç tuzu bir bardak suya atıp içmesini söyledi.

Çırak, yaşlı adamın söylediğini yaptı ama içer içmez ağzındakileri tükürmeye başladı.

"Tadı nasıl?" diye soran yaşlı adama öfkeyle "Acı!" diye cevap verdi. Usta kıkırdayarak, çırağını kolundan tuttu ve dışarı çıkardı.

Az ilerdeki gölün kıyısına götürdü ve çırağına bu kez de bir avuç tuzu göle atıp gölden su içmesini söyledi. Söyleneni yapan çırak, ağzının kenarlarından akan suyu koluyla silerken, usta aynı soruyu sordu: "Tadı nasıl?"

"Ferahlatıcı," diye cevap verdi genç çırak.

"Tuzun tadını aldın mı?" diye sordu yaşlı adam.

"Hayır," diye cevapladı çırağı.

Bunun üzerine yaşlı adam, suyun yanına diz çökmüş olan çırağının yanına oturdu ve şöyle dedi: "Yaşamdaki ızdıraplar tuz gibidir, ne azdır ne de çok. Istırabın miktarı hep aynıdır. Ancak bu ızdırabın acılığı, neyin içine konulduğuna bağlıdır. Izdırabın olduğunda yapman gereken tek şey, ızdırap veren şeyle ilgili hislerini genişletmektir. Onun için sen de artık bardak olmayı bırak, göl olmaya çalış."

Bu hayatta zamanınız kısıtlı, bu yüzden onu başkalarının hayatını yaşayarak harcamayın. Başkalarının düşüncelerinin sonuçlarıyla yaşama dogmasına takılıp kalmayın. Başka insanların fikirlerinin gürültüsünün kendi kalbinizin sesini duymanızı engellemesine izin vermeyin. Ve en önemlisi kalbinizin ve sezgilerinizin yolundan gidecek cesarete sahip olun. Kalbiniz ve sezgileriniz ne yapmak istediğinizi bilirler. Bunun dışındaki her şey teferruattır.

Steve Jobs

Acılar geçicidir. Ama her sevinç, en derin sonsuzluğa uzanır.

Frida Kahlo

Yardım et bana! Söyleyebildiklerimden fazlasını anla.

Franz Kafka

Başkasına ait sırmalı kaftanı giymektense, kendi malım olan eski hırkayı tercih ederim.

Ömer Seyfettin

Çaresiz olmadığımızı anımsamak yararlıdır. Her zaman yapabileceğimiz bir şeyler vardır.

Carla Gorrell

Çölü güzelleştiren şey, bir yerlerde bir pınar saklıyor olmasıdır.

Antoine de Saint-Exupéry

BİR AŞKTAN
NE ZAMAN VAZGEÇERSİNİZ?

Frida Kahlo, Diego'dan vazgeçişini bu cümleleri sıralayarak açıklamıştır: Kötü günümde yanımda olmadığın zaman vazgeçtim.

Canın sıkıldığında benimle paylaşmadığını, kırılacak veya tedirgin olacak olsam bile düşüncelerini açıkça söylemediğini anladığım zaman vazgeçtim.

Bana yalan söylediğini anladığım zaman vazgeçtim.

Gözlerime baktığında kalbinle bakmadığını ve bana hâlâ söylemediğin şeyler olduğunu hissettiğimde vazgeçtim.

Her sabah benimle uyanmak istemediğini, geleceğimizin hiçbir yere gitmediğini anladığım zaman vazgeçtim.

Düşüncelerime ve değerlerime,
değer vermediğinde vazgeçtim.

Ağrılarımı dindirecek sıcak sevgiyi
bana vermediğinde vazgeçtim.

Sadece kendi mutluluğunu ve geleceğini
düşünerek beni hiçe saydığın zaman
vazgeçtim.

Tablolarımda artık kendimi mutlu
çizemediğimde ve tek neden "sen"
olduğun zaman vazgeçtim.

Bencil olduğunu anladığımda vazgeçtim.

Bunlardan sadece bir tanesi senden
vazgeçmem için yeterli değildi, çünkü
sevgim yüceydi.
Ama hepsini düşündüğümde senin
benden çoktan vazgeçtiğini anladım.
Bu yüzden ben de senden vazgeçtim.

Ne durumda olmamız gerektiği düşünülürse, bunun sadece yarısının farkındayızdır. Kendi zihinsel ve fiziksel kaynaklarımızın yalnızca çok küçük bir parçasını kullanıma sokuyoruz. Genel olarak konuşursak, insanoğlu kendi sınırlarının çok gerisinde yaşamaktadır. İnsan, alışkanlıkları yüzünden kullanmadığı birçok güce sahiptir.

William James

Belli deneyimleri yaşamanızın bir nedeni olduğuna inanmalısınız. Acı çekmekten mutlu olduğumu söyleyemem ama cesaret kazanmak ve mutlu olmak için çekmem gerektiğine inanıyorum.

Carol Burnen

Sakın vazgeçme! Eğer sen vazgeçersen, hak etmeyen biri kazanacak.

Bob Marley

Bir gün ölmek için her gün yaşıyoruz.

M. Longston

Onu anlamak için ondan bunca uzaklaşmam gerekiyormuş meğer.

Lawrence Durrell

Biliyor musun, insan günbatımlarını en çok kederliyken seviyor.

Antoine de Saint-Exupéry

Kimde bir güzellik varsa, bilsin ki ödünçtür.
Mevlânâ

Amacını kesin bir şekilde belirlemiş olan kimse,
en zorlu yollarda dahi ilerleyebilir.
Amacını belirlememiş bir kimse ise,
en düz yollarda bile ilerleyemez.
Thomas Carlyle

Dönersem, korkunç yollardan bir kez daha
geçmem gerekecek. Oysa ilerlersem, yolun
düzelebileceği umudu var.
Fallaci

Üstesinden gelinmesi gereken
zorluklar olmasaydı, insanoğlu
en büyük zenginliği olan başarılarından
tat alma duygusunu yitirirdi.
Derin ve karanlık vadiler olmasaydı, dağların
dorukları o kadar güzel olmazdı...
Helen Keller

Sevgiyle çalışmak;
Bir kumaşı, sevdiğiniz kişinin giymesi için dokur gibi,
Kalbinizden çıkardığınız ipliklerle dokumaktır.
Bir evi, sevdiğiniz kişinin oturması için
yapıyormuş gibi,
Sevgiyle ve özenle inşa etmektir.
Bir meyveyi sevdiğiniz kişinin
yemesi için yetiştiriyormuş gibi,
Tohumlarını şefkatle atmak, ürünü neşeyle toplamaktır.
Tasarladığınız her şeye kendi ruhunuzdan bir soluk
katmaktır...

Halil Cibran

Başarı istenmediği yere gelmez. Yenildiğinizi düşünüyorsanız, yenilmişsinizdir. Cesur olmadığınızı düşünüyorsanız, korkaksınızdır. Kazanmak istiyor fakat kazanamayacağınızı düşünüyorsanız, kesinlikle kazanamazsınız demektir. Kaybedeceğinizi düşünüyorsanız, çoktan kaybetmişsinizdir. Dışarıdaki dünyaya çıktığınızda, anlayacaksınız ki başarı, ancak onu istediğiniz takdirde gelecektir. Her şey insanın kafasında biter. Alt edildiğinizi düşünüyorsanız, alt edilmişsinizdir. Yükselmek için yüksek düşünmelisiniz. Bir ödülü kazanmadan önce kendinizden emin olmalısınız. Yaşam savaşını kazanan her zaman, en güçlü ya da en hızlı olan değildir. Er ya da geç kazanan kişi, kazanacağına inanan kişidir.

Arnold Palmer

Cevapları olan değil, soruları olan
insanı dinleyin.
Einstein

Herkesin hayal gücü tükendiğinde artık
hiç kimse dünya için tehdit olmayacak.
Chuck Palahniuk

Sevgide kaybetmek, sevmemiş olmaktan iyidir.
Seneca

Önemli olan zamana bırakmak değil, zamanla
bırakmamaktır.
Nâzım Hikmet

Gülmek, aynı arabanın silecekleri gibidir.
Yağmuru durdurmasa da ilerlemenizi sağlar.
Gerard Jugnot

Bildiğim en cesaret verici gerçek, insanın bilinçli
bir çabayla yaşamını yüceltme yeteneğidir.
Henry D. Thoreau

ÖLÜM AYIRANA DEK

Sevgililerin çoğu hiç ayrılmak istemez. Yaşarken ve öldükten sonra hep birlikte olmak ister. Ben yine de şimdiye kadar sadakati ve bağlılığı Bayan Isidor Straus'un seviyesine ulaşmış birini daha tanımadım.

1912 yılındayız. Bayan Straus ve kocası, o talihsiz yolculuk sırasında Titanik'teki yolcular arasındadırlar. Kadınlardan çoğu geminin içinde boğulmamasına rağmen Bayan Straus basit bir nedenle boğulur: Çünkü kocasını bırakmak istemez.

Bayan Straus'un kazadan kurtulan hizmetkârı Mabel Bird kurtulduktan sonra şu öyküyü anlatmıştır: "Titanik batmaya başlayınca, panik olan kadınlar ve çocuklar kurtarma botlarına indirildiler. Bay ve Bayan Straus o kadar sakinlerdi ki yolcuları rahatlatıyorlardı. Hatta yolcuların botlara binmelerine yardımcı oldular."

"Onlar olmasa boğulurdum. Ben kırkıncı ya da ellinci bottaydım. Bayan Straus benim bota binmemi sağladı ve yanıma kalın halatlar verdi."

Daha sonra, Bay Straus karısına bota binmesi için yalvarır. Bayan Straus tek bacağını atar ama aniden fikrini değiştirir ve ayağını geri çeker. Batmakta olan gemiye döner.

"Lütfen sevgilim bota bin," diye yalvarır kocası.

Bayan Straus yıllarını birlikte geçirdiği en iyi dostu, kalbinin sahibi ve ruhunun ilacı olan erkeğin gözlerine derin derin bakar. Kolunu kavrar ve ona iyice yakınlaşır.

"Hayır," der kendinden emin Bayan Straus, "Bota binmeyeceğim. Yıllarımızı birlikte geçirdik. Artık yaşlandık. Seni bırakmayacağım. Benim yerim senin yanın."

Onları en son orada görmüşler: Güvertede el ele. Gemi batarken, kendisini kocasına adayan kadın cesaretle kocasına sarılmış. Karısını seven adam koruma duygusuyla karısına sarılmış. Hiç ayrılmamacasına...

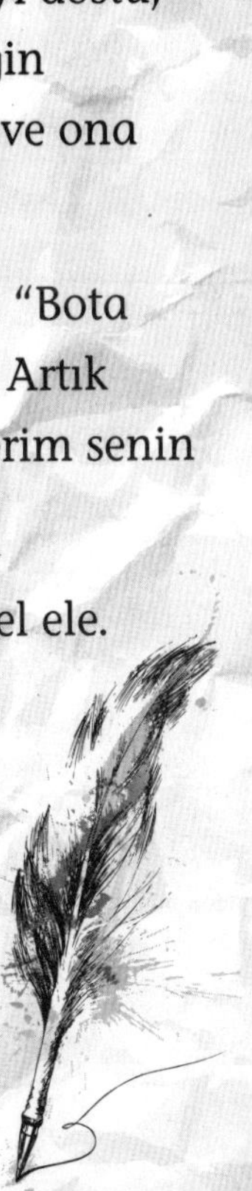

Barbara De Angelis

Yaşlanmak bir dağa tırmanmak gibidir. Çıktıkça yorgunluğunuz artar, nefesiniz daralır ama görüş açınız genişler.

Harold Dodds

Uyku girmez gözüne, gönlü viran olanın.

Neşet Ertaş

Kışın sıcakta oturmak isteyenler, yazın terlemek zorundadır.

Jacobsen

Kimilerini gözyaşlarına boğan ağaç, kimileri için yalnızca yolu tıkayan yeşil bir engeldir. İnsanın kendi neyse, gördüğü de odur.

William Blake

Mavi, bir renkten daha fazlası bence...
Sonu olmayan bir gökyüzü,
umut dolu bir deniz...

Cemal Süreya

Yolunuza güçlükler çıkacaktır, onlara teşekkür edin. O güçlükler, sizin kapasitenizi ve dayanıklılığınızı denemek içindir. Siz, karşı gücün oluşturduğu enerji nedeniyle, daha da sabırlı olmaya zorlanacaksınız.

Peki bunu başaramayan ne olur? Kazancı nedir? Yaşamda dayanma gücü tabii ki. Gerçek marifet gösterilen çabadadır, yoksa başarıda değil. O kişi ister kazansın ister kaybetsin, şeref madalyasını hak edecektir.

W. M. Punshon

Bir grup eski öğrenci, emekli öğretmenlerini ziyarete gitmiş. İşlerinden ve sorunlarından söz etmişler. Öğretmen, iş yaşamında her biri önemli yerlere gelmiş eski öğrencilerine, kahve ikram etmek üzere mutfağa gitmiş. Biraz sonra değişik boy, renk ve kalitede birçok fincanın bulunduğu bir tepsiyle geri dönmüş.
Kimi porselen, kimi seramik, kimi cam, kimi plastik olan fincanları ve kahve termosunu masaya koyup kahvelerini oradan almalarını söylemiş.

Tüm eski öğrenciler, kahvelerini alıp koltuklarına döndüğünde, hocaları onlara şunu söylemiş: "Farkına vardınız mı bilmem. Zarif görünümlü,

güzel, pahalı fincanların hepsi alındı, masada yalnızca ucuz ve basit görünümlü fincanlar kaldı. Elbette ki kendiniz için en güzelini istemek ve onu almak çok normal ama işte bu demin bahsettiğiniz problemlerinizin ve stresin nedeni. Hepinizin istediği fincan değil, kahve iken, bilinçli olarak her biriniz birbirinizin aldığı fincanları gözleyerek, daha iyi olan fincanları almaya uğraştınız. Yaşam kahveyse; iş, para ve mevki fincandır. Bunlar yalnızca yaşamı tutmaya yarayan araçlardır ama yaşamın kalitesi bunlara göre değişmez. Bazen yalnızca fincana odaklanarak, içindeki kahvenin zevkini çıkarmayı unutabiliyoruz."

Evet önümüz bahardır biliyorum,
Leylaklar açacak biliyorum,
İyi şeyler söylemek de gerek biliyorum,
Biliyorum da şimdilik bağışla…

Turgut Uyar

Mutlu olmayı yarına bırakmak, karşıya geçmek için nehrin durmasını beklemeye benzer. Ve bilirsin, o nehir asla durmaz...

J. Christophe

Yüreğinizin yaşını, saçlarınızdaki aklara bakarak söyleyemezsiniz.

Edward Bulwer Lytton

Acı, cesareti besler. Başınıza sadece güzel şeyler geldiyse, cesur olmanız bir o kadar zordur.

Tyler Moor

İmkânsızı isteyerek mümkün olanın en iyisini elde ederiz.

İtalyan Atasözü

Dünyada yapılmış olan her şey umutla yapılmıştır.

Martin Luther King

BİR FELAKETİN DEĞERİ

Aralık 1914'te çıkan yangında Thomas Edison'un laboratuvarı tamamen yok oldu. Hasarın maliyeti iki milyon dolardan fazlaydı, ama bina yalnızca 238.000 dolara sigorta ettirilmişti. Çünkü betonarme bir binaydı ve yangına dayanıklı olduğu sanılıyordu. O aralık gecesi Edison'un bir ömür boyu üzerinde çalıştığı şeyler alevlerin arasında kaldı.

Yangının en şiddetli olduğu sırada Edison'un 24 yaşındaki oğlu Charles dumanın ve yıkıntıların arasında babasını arıyordu. Sonunda onu sakin bir biçimde yangını izlerken buldu. Ateşin parıltısı yüzüne yansımıştı, beyaz saçları rüzgârda uçuşuyordu.

Charles "Ona içim acıdı," dedi. "67 yaşındaydı, artık genç bir adam değildi ve her şeyini alevler yutuyordu. Beni görünce 'Charles annen nerede?' diye bağırdı. Bilmediğimi

söyleyince 'Git onu bul ve buraya getir,' dedi. 'Ömrü boyunca bir daha böyle bir şey göremez,' dedi."

Ertesi sabah Edison yangından geride kalanlara baktı ve şöyle dedi: "Felaketlere değer biçilemez. Bütün hatalarımız yanıp kül oldu. Artık sıfırdan başlayabiliriz."

Yangından üç hafta sonra Edison ilk fonografını yapmayı başardı.

Gidenin arkasından gelen, gideni bulacak mı
zannediyorsun? Ben zannetmiyorum bunu.
İyisi mi, beni yaktırırsın, odanda ocağın üstüne korsun
içinde bir kavanozun. Kavanoz camdan olsun, şeffaf,
beyaz camdan olsun ki içinde beni görebilesin...
Fedakârlığımı anlıyorsun: vazgeçtim
toprak olmaktan, vazgeçtim çiçek olmaktan senin
yanında kalabilmek için.
Ve toz oluyorum yaşıyorum yanında senin.
Sonra, sen de ölünce kavanozuma gelirsin.
Ve orda beraber yaşarız, külümün içinde külün,
ta ki bir savruk gelin yahut vefasız bir torun
bizi ordan atana kadar...
Ama biz o zamana kadar o kadar karışacağız ki
birbirimize, atıldığımız çöplükte bile zerrelerimiz yan
yana düşecek. Toprağa beraber dalacağız.
Ve bir gün yabani bir çiçek bu toprak parçasından
nemlenip filizlenirse sapında muhakkak iki çiçek
açacak: biri sen, biri de ben.

Nâzım Hikmet Ran

Tüm zenginliklerin, başarıların,
maddi kazançların, büyük keşiflerin,
icatların ve bütün kazanımların
asıl ve tek kaynağı düşüncedir.
Claude Bristol

Bir işi doğru yapmak, niçin yanlış yapıldığını
açıklamaktan daha az zaman alır.
Henry Wodsworth

Eğer sizden sokakları süpürmeniz istenirse,
Michelangelo'nun resim yaptığı,
Beethoven'ın beste yaptığı veya
Shakespeare'in şiir yazdığı gibi süpürün.
O kadar güzel süpürün ki, gökteki ve yerdeki
herkes durup "Burada işini çok iyi yapan,
dünyanın en iyi çöpçüsü yaşıyormuş," desin.
Martin Luther King

Sonra bir şeyler olur adını koyamadığın
ve artık eskisi gibi olamazsın.
Bukowski

İşinizi bugüne kadar hep aynı şekilde
yapmışsanız, büyük olasılıkla yanlış
yapmışsınızdır.

Charles F. Kettering

Kitap, yalnız kalmış adamın dostudur.

Georges Duhamel

Boş oturmak pas gibidir,
insanı çalışmaktan daha çabuk eskitir.

Franklin

Haksızlık yaptığımız her duygu,
söndürdüğümüz bir yıldızdır.

Hermann Hesse

İnsan bir kere birine geç kalır ve bir daha hiç
kimse için acele etmez.

Yaşar Kemal

Ne kadar az bildiğimizi anlayabilmek için ne kadar çok şey bilmemiz gerektiği ne kadar gariptir. Cahil olduğunun farkında varmak, bilgiye doğru atılmış büyük bir adımdır.

Disraeli

Açık sözlü olmak iyidir. En kötü ihtimalle sonradan kaybedeceklerini en başta kaybedersin.

Mark Twain

İyi ve muhteşem arasındaki fark sadece biraz daha fazla gayrettir.

Clarence Munn

Mutlu olduğunuz zamanlarda bütün dünyanın çok daha güzel göründüğünü hiç hissettiniz mi? Oysa sizin bakış açınız dışında gerçekte hiçbir şey değişmemiştir.

Judi James

DEĞERLİ KUTU

Adam üç yaşındaki kızını, pahalı bir hediyelik kaplama kâğıdını ziyan ettiği için azarlamıştı. Küçük kız, koskoca bir paket altın yaldızlı kâğıdı, bir kutuyu eğri büğrü sarmak için kullanmıştı.

Bayram sabahı küçük kız paketi getirip "Bu senin babacığım," dediğinde üzüldü. Acaba gereğinden fazla mı tepki göstermişti kızına? Bir gece önce yaptığından utandı.

Ne var ki paketi açınca yeniden öfkelendi. Kutunun içi boştu... Kızına yine bağırdı: "Birisine bir hediye verdiğinde kutunun içinde bir şey olması gerekir. Bunu da mı bilmiyorsun?"

Küçük kız gözlerinde yaşlarla babasına baktı. "O kutu boş değil ki baba, içini öpücüklerimle doldurmuştum." Adam öyle fena oldu ki... Koştu... Kızına sarıldı... Beraberce ağladılar.

Adam o altın değerindeki kutuyu ömrünün sonuna kadar yatağının başucunda sakladı.

Ne zaman keyfi kaçsa, ne zaman morali bozulsa, ne zaman kendini kötü hissetse, kutuya koşar, içinden minik kızının sevgiyle doldurduğu hayali öpücüklerinden birini çıkarırdı.

Yarını iyileştirmenin tek yolu,
bugün neyi yanlış yaptığını bilmektir.

Robin Sharma

Her zorluğa seni olgunlaştıran bir test olarak bakacaksın. Her zorlukta dersler ve olanaklar bulacaksın.

Dan Millman

Yapmakta olduğunuz işte çok iyi bir hâle geldiğinizde, daha fazla kazanmanızı ve süratle yükselmenizi önleyecek hiçbir engel önünüzde duramaz.

Dan Kennedy

Karar verdiğin yerde dur, o kararı gerçekleştirmek için bir eylem yapmadan oradan ayrılma.

Anthony Robbins

Aşk, hiçbir zaman pişman olmamaktır.
Love Story filminden

Eğer birisinin ruhuna bakmak istersen, sana hayallerini göstermesini istemelisin.
Arizona Dream filminden

Kaybedecek bir şeyinin kalmaması, özgürlük galiba.
Kaybedenler Kulübü filminden

Bana en çok neyi sevdiğimi sorarlarsa, onlara seni anlatacağım.
City of Angels filminden

Acı olmasaydı, tatlı hiç bu kadar tatlı olmazdı.
Grease filminden

Korkun seni mahkûm eder, umudun seni özgür bırakır.
The Shawshank Redemption filminden

Bence hayat bir nehir gibidir.
Çoğu insan bu nehre, sonunda
nereye çıkacağına karar vermeden atlar.
Böylece çok geçmeden akıntıya kapılırlar.

Günlük olaylar, günlük korkular, günlük zorluklar...
Nehrin çatal oluşturduğu yerlere vardıklarında, hangi
tarafa gitmek istediklerine bilinçli bir şekilde karar
vermezler, kendileri için hangi tarafın uygun olduğunu
da düşünmezler.

Saklamak değil, paylaşmak olsun özün
Eleştirmek değil, çözümü göstermek olsun sözün
Yıkmakta değil, yapmakta olsun gözün
Saldırmak değil, sarılmaktır çözüm.

Osho

Büsbütün unuttum seni eminim
Maziye karıştı şimdi yeminim
Kalbimde senin için yok bile kinim
Bence sen de şimdi herkes gibisin.

Nâzım Hikmet RAN

Ta ki günün birinde kükreyen suların sesi onları uyandırana kadar... Aşağı düşeceklerdir. Bazen bu düşüş, duygusal bir düşüştür. Bazen fiziksel bir düşüştür. Bazen finansal bir düşüştür.

Hayatınızda bugün yüz yüze olduğunuz güçlükler, büyük ihtimalle, nehrin yukarısındayken iyi kararlarla önlenebilirdi. Kaderiniz karar anlarınızda biçimlenir...

Anthony Robbins

Yeter, aklından çıkar artık onu diyor kimileri.
Siz de aklınızla değil de, yüreğinizle
sevseydiniz anlardınız beni.

Cemal Süreya

Âşık olduğunuz anda panik yapmayın.
Bir yere oturun, derin nefes alın ve katilinizle tanışmanın tadını çıkartın.

La fille sur le pont filminden

Öldürme yetkisine sahip olup da öldürmüyorsan, güçlüsündür.

Schindler's List filminden

Güven, elimizde kanıtı olmayan bir şeye karşı duyulan inançtır.

Philadelphia filminden

Bırakabileceğin zaman bırakmak istemezsin, bırakmak istediğin zamansa bırakamazsın.

Candy filminden

Deneyim, insanın başına gelen değil, başına gelenle ne yaptığıdır.

A Single Man filminden

Bilinç, korkunç bir lanettir. Düşünürsün, hissedersin, acı çekersin.

Being John Malkovich filminden

Saçını kestiren bir kadın hayatını değiştirmek üzeredir.

Coco Avant Chanel filminden

Gençken bağ kurabileceğin birçok insan olacak sanıyorsun. Sonra bunun hayatta sadece birkaç kez olduğunu anlıyorsun.

Before Sunset filminden

Hayatlarımızı bazen yakaladığımız fırsatlar belirler. Bazen de kaçırdığımız.

The Curious Case of Benjamin Button filminden

Bir hiç olmak çok üzücüdür beyler. İnsanlar hep aranmak ister, dinlenmek ister, hayatta bir kez de olsa önemli olmak ister.

12 Angry Men filminden

Geldim

Geldim, gitmelere bekle
diyerek.
Attım valize birkaç kırgınlık,
Bir iki vefasızlık.
Birkaç acı söz,
Benim hatırladıklarım.
Birkaç iyi söz,
Senin unuttukların.
Geride kalan ne varsa;
Boğazın sularına serdim.
Geldim, korkma aç kapıyı,
Sende kalmaya değil;
beni almaya geldim.

Halil Cibran

KALPTEN DİNLEMEK

Evliliğinde şiddetli fırtınalar ve süregelen geçimsizlik yaşayan adam, evini terk ederek annesinin evine gelmişti. Annesi ona sarıldı ve bir öğüt verdi:

"Git, eşinin söylediklerini dinle oğlum." Adam annesinin öğüdünü tuttu; o akşam eve gittiğinde eşinin söylediklerini dinlemeye başladı.

Aradan kısa bir süre geçtikten sonra adam, yine aynı nedenle annesinin yanına geldi. Annesi bu kez oğluna şefkatle sarıldı ve onun saçlarını okşamaya başladı. Sonra da kulağına yeni bir öğüt fısıldadı:

"Şimdi eve git ve eşinin sana söylemediği her sözcüğü dinle," dedi. "Çünkü sevgiye ulaşan her yolun kapısının gerçek anahtarı, sevdiğini kulaklarından önce kalbinle dinleyebilmektir."

Hayatta asıl önemli olan, hâlâ yaşıyorken asla
geç olmadığına inanmaktır.
The Jacket filminden

Herkesin bir zaman makinesi vardır. Bizi
geçmişe götürenleri anılarımız, geleceğe
götürenleri ise umutlarımızdır.
The Time Machine filminden

Bazen üzüntüler, gözyaşlarının uzanamayacağı
kadar derindedir.
A River Runs Through It filminden

Hiç kapıldın mı o hisse, gitmek istersin hani,
ama aynı zamanda da kalmak gelir içinden.
Scent of a Woman filminden

Asla umudumu kaybetmek ve hayata küsmek
gibi bir durumum olmadı. Çünkü ertesi gün
güneşin yine doğacağını biliyordum.
The Karate Kid filminden

Kim olduğunu ve ne istediğini bilirsen, olayların seni üzmesine daha az izin verirsin.

Lost in Translation filminden

Eğer aşk bir seçenek olsaydı, bu kadar keskin bir acıyı kim seçerdi?

Anna and The King filminden

Asla umudumu kaybetmek ve hayata küsmek gibi bir durumum olmadı. Çünkü ertesi gün güneşin yine doğacağını biliyordum.

Cast Away filminden

En kötüsü ne biliyor musun? İnandığın her şeyin bir yalandan ibaret olduğunu fark etmek...

500 Days of Summer filminden

Kimse hayat kadar sert vuramaz.

Rocky Balboa filminden

Bazen arkana bile bakmadan
gitmek istersin.
Öyle her şeyi bırakmana falan da
gerek yok.
Anıları bırakabilsen yeter.

Edip Cansever

Sular yükselince,
balıklar karıncaları yer...
Sular çekilince de
karıncalar balıkları yer...
Kimse bugünkü üstünlüğüne
ve gücüne güvenmemelidir...
Çünkü kimin kimi yiyeceğine...
'Suyun akışı' karar verir...

Eflatun

Belki de mutluluk sadece kovalayabildiğimiz bir şeydir. Belki de onu asla yakalayamayacağız.

The Pursuit of Happiness filminden

Çocukluk, insanın boğazına oturan yumru gibidir. Kolay kolay yutulmaz.

Incendies filminden

Hayallerinin peşinden koşmadıkça hayalden hayale uçmanın ne anlamı var?

Moulin Rouge! filminden

Gülersen, bütün dünya seninle birlikte güler. Ağlarsan tek başına ağlarsın.

Oldboy filminden

Hayat, nefes aldığımız anların toplamından değil, nefesimizi kesen anların toplamından oluşur.

Hitch filminden

Bazen ilk görüşte bilirsin, o insan senin kaderindir. Bazen bir ömür ararsın... Bulunmaz.

Aşk Tesadüfleri Sever filminden

Günün birinde bu acıları hiç yaşamamış olmak adına, sevdiğin kişinin hiç var olmamış olmasını dilersin.

Batman Begins filminden

Bizim aşkımız sonsuza dek yaşayacak, çünkü yarım kalacak.

Vicky Cristina Barcelona filminden

İki insana birbirlerine âşık olduklarını söylersen, olurlar.

Amelia filminden

Sadece tek bir şey ruhun eksikliğini tamamlayabilir, bu şey de aşktır.

The Reader filminden

İnsan hayatının aşkını gördüğünde, zaman durururmuş.

Big Fish filminden

Olağanüstü şeyler gördüm. Çözemediğim tek gizem kalbimin neden hâlâ senden vazgeçmediği.

The Illusionist filminden

En zengin insan, en güçlü arkadaşlara sahip olan insandır.

The Godfather filminden

Bir erkek vazgeçmek istiyorsa tek bir neden yeterlidir. Ama biz kadınlar sevgimiz için mücadele ederiz.

Frida filminden

"Bilmeden yapılan hata yanlışlıktır.

Bilerek yapılan hata ise ihanettir."

B. Brecht

Hayata Bir Bardak Kahve Molası

Sevilmek istiyorsan, önce sevmeyi bileceksin.
Uçmayı seviyorsan, düşmeyi de bileceksin.
Korkarak yaşıyorsan, yalnızca hayatı seyredersin.

Okurken içinizi huzurla dolduracak, yüreğinizi ısıtacak, iyilik, sevgi, dostluk ve mutluluğu dile getiren birbirinden güzel 52 adet hikâyeden derlenen bu kitapla hayata keyifli bir mola verip kargaşadan sıkıntılardan uzaklaşacaksınız.

Bazen her şeyi unutup
sadece sımsıkı sarılmak
istersin ama bir şey hep
engel olur.
Nedir o biliyor musun?
Gurur.

Can Yücel